# 芜湖蛟矶庙历代题咏

芜湖市文化和旅游局◎编

安徽师范大学出版社
ANHUI NORMAL UNIVERSITY PRESS
·芜湖·

图书在版编目（CIP）数据

芜湖蛟矶庙历代题咏 / 芜湖市文化和旅游局编 . -- 芜湖:安徽师范大学出版社，2024.12.

ISBN 978-7-5676-6654-2

Ⅰ.①芜… Ⅱ.①芜… ②张… Ⅲ.①古典诗歌-诗集-中国 Ⅳ.①I222

中国国家版本馆 CIP 数据核字（2024）第048440号

# 芜湖蛟矶庙历代题咏

芜湖市文化和旅游局◎编

WUHU JIAOJIMIAO LIDAI TIYONG

责任编辑：胡志恒　　　　　责任校对：王　贤
装帧设计：王晴晴　汤彬彬　　责任印制：桑国磊
出版发行：安徽师范大学出版社
　　　　　芜湖市北京中路2号安徽师范大学赭山校区
网　　址：http://www.ahnupress.com/
发 行 部：0553-3883578　5910327　5910310（传真）
印　　刷：安徽联众印刷有限公司
版　　次：2024年12月第1版
印　　次：2024年12月第1次印刷
规　　格：700 mm×1000 mm　1/16
印　　张：18.75　插　页：2
字　　数：255千字
书　　号：978-7-5676-6654-2
定　　价：68.00元

凡发现图书有质量问题,请与我社联系（联系电话:0553-5910315）

1910年时的蛟矶庙大门

晚清民国时的芜湖古八景之一蛟矶烟浪

萧云从《太平山水图》中的"灵泽矶"图

银涛堆里屋岩嶬,闻说江心旧隐蠊。

拟傍龙宫抄玉蕊,如聆蛟室织冰绡。

道人晨起烟中磬,灵后宵征月下潮。

占断江南形胜地,海门何处觅金焦。

　　右 欧阳圭斋公诗用小李将军法为图 萧云从

# 《芜湖蛟矶庙历代题咏》编委会

主　　编：王玉娟

执行主编：张双柱

编　　审：李　璐

副 编 审：徐　蕾

编　　辑（按拼音字母顺序排列）：郝启超　蒋家琪　李有林　吕　燚

潘红琴　潘陵美　尚亭勇　陶能林　张安康

# 前　言

芜湖蛟矶因其奇特的自然景观和三国孙夫人的凄美故事，自古登临题咏者不绝，留下了许多瑰丽诗文，较著名的作者有陆游、黄庭坚、周紫芝、张孝祥、陈造、欧阳玄、贡师泰、陶安、解缙、唐文凤、王阳明、吴廷翰、边维垣、徐媛、骆骎曾、盛于斯、张一如、倪伯鳌、顾炎武、曹尔堪、施闰章、窦遴奇、毛奇龄、陈维崧、朱彝尊、曹贞吉、王士祯、刘大櫆、韦谦恒、袁枚、姚鼐、黄景仁、黄钺、梁章钜、杨庆琛、袁昶、陈诗、洪缙、林旭、林散之、汪石青、吕惠生、张恺帆，等等。最为人知晓的，当属一景一诗一联。

一景，指的是芜湖古八景之"蟂矶烟浪"。元代著名史学家、文学家、书法家欧阳玄任芜湖县尹期间，对芜湖名胜古迹多加保护修葺。元仁宗延祐四年（1317），不仅主持命名芜湖八景，而且逐一作诗传世，"蟂矶烟浪"便是古八景之一，其诗曰："银涛堆里屋岩巍，闻说江心旧隐蟂。拟傍龙宫抄玉蕊，如聆蛟室织冰绡。道人晨起烟中磬，灵后宵征月下潮。占断江南形胜地，海门何处觅金焦。"该诗载于《太平府志》，后编入他主修的《经世大典》。"灵后"，即孙夫人。"道人"句，说明那时正殿供奉的是道教诸神。

一诗，指的是明太祖御制诗。《蟂矶山志》在明太祖朱元璋御制诗后有边维垣跋识："此我太祖宸翰也，缛章藻句，光映天日。夫以山在烟波中，而夫人灵贶，已足以伸明威而肃远人。况奉纶音，昭其有赫，则赫赫之声，固益有以显濯濯之灵，而思皇多士，则宜瞻礼而扬诩之不暇也。于万斯年，此山与此翰，其传美于无穷哉。视诸永安之宫一草莱耳。然则大人舍彼而就此，讵非灵之大者欤。"该诗也是一首七律："龙车凤辇出皇都，蟂矶烟锁在芜湖。千林红叶秋来扫，万里江山一样模。荡荡长江俱左右，明明日月照东吴。梅花才报春消息，瑞气纷纷到处无。"第二句"蟂矶烟锁在芜湖"最负盛名，通过这一句可以知道，当时的蟂矶隶属芜湖。末句"瑞气纷纷到处无"想必少有人知，因为较为流传但并非权威的版本，特别是当今网络上互相传抄的版本，几乎都是"瑞气纷纷到处敷"。

一联，指的是明代才子徐渭联。明代著名文学家、书画家、戏曲家、军事家徐渭《蟂矶孙夫人祠联柱》曰："思亲泪落吴江冷；望帝魂归蜀道难。"该联典实真切，意象深远，可谓神人以和，最为世所称。而且，关于这一绝妙好联，还有着一则神奇的故事。据清代经学大家、楹联学开山之祖梁章钜《楹联丛话》记载："蟂矶孙夫人祠有徐文长联柱云……相传修祠工甫竣，董役者梦夫人谕之云：'楹联且缓制，须至某日时，有徐先生过此，求其撰题可矣。'至期，文长适到，遂信笔书成，夜梦夫人来谢。"

诚然，蛟矶庙历代题咏佳作还有很多很多。正是通过遍搜史料，方知蛟矶山水之清、草木之秀、庙宇之盛、诏诰之隆、碑刻之古、传说之久。所以，《芜湖蛟矶庙历代题咏》一书，尽可能辑录鲜为人知或久被漠视的作品，这是《芜湖蛟矶庙历代题咏》特色之一。

比如，过去一般认为晚唐杜荀鹤《水心禅院》是最早写了蛟矶庙的诗。也有学者从孙夫人入手研究蛟矶庙，认为明初唐文凤《枭矶》和《题长江万里图为赵中道赋》是最早写到孙夫人的诗。如果从蛟矶最初名称算起，比杜荀鹤还要早四十来年的赵嘏《泊蟂矶江馆》，应该是蛟矶第一诗。尽管这"蟂矶江馆"是不是芜湖古蟂矶上的还存有异议，我们在比较若干版本后，依据《御定全唐诗录》，将其收入《芜湖蛟矶庙历代题咏》并在附注作了说明。

再如南宋状元张孝祥《宁渊观》："极目洪波渺，轰轰浪接天。江心分殿宇，敕赐号宁渊。日照山如画，云浓水似烟。休寻蓬岛地，只此水中仙。"不知道这一段历史的，就不知道宁渊观与蛟矶庙是什么关系，为此，本书采录该诗时，也附注说明：宁渊观本唐代水心禅院，在蟂矶，称宁渊上观，因阻江不便祭祀，宋代后在今中长街青弋江畔，建成宁渊下观。

比张孝祥还早的南宋文学家周紫芝，写的虽然是《吉祥寺》，因其结句"浪花丛里看蟂矶"太有名了，自然要录入全诗的："春江渺渺一鸥飞，欲解扁舟未得归。试问颠风何似恶，浪花丛里看蟂矶。"南宋名将岳飞之孙岳珂，在写吉祥寺时也写到蛟矶，诗题《入芜湖港过吉祥寺》，但颈联上句"隐矶漫指六朝事"，若不认真看过，还真看不出"隐矶"是什么。

还有元代翰林学士张以宁、明初诗坛江右派代表人物陈谟和《三国演义》作者罗贯中等人，尽管他们的作品对蛟矶庙的称呼不一，如焦矶庙、焦矶寺、枭姬祠等，其实都是同一庙宇。

可见，关于蛟矶的题咏作品，在唐宋元时期，主要是写山水、庙宇，直到明代，祭祀对象再次变成孙夫人，蛟矶传说还得到官方的确认，从而蛟矶庙题咏作品逐渐多了起来，也有了广泛的影响力。正因为作品多了，对所写山、所写庙、所写人的称呼也就更多了，为避免后人滥用简化字的混乱，特别是以"蛟"代"蟂"的混乱，《芜湖蛟矶庙历代题咏》恪守原作原貌，蛟矶之古称如"蟂矶""枭矶""焦矶"等，皆依原作，其他特殊地名、人名，亦各依原作。这是《芜湖蛟矶庙历代题咏》的又一特色。

《芜湖蛟矶庙历代题咏》最具特色处，在于作者无分尊贵，作品无分高下，凡见闻所及，有所兴起，文笔所及，有裨风化，皆悉数辑录。然而，古今关于蛟矶的文献资料不可胜数，编委会深知征采之艰，其所得之微与编纂之愿必有一定出入，故编本之式有别于他家，书名之"题咏"，也不限于一般诗联题刻，凡寄情山水、感物情怀的韵文作品皆予以汇编。但限于篇幅，本书仅汇编关于今之蛟矶的历代诗词曲联作品，不包括铭赋记序诸体。

2024年，市委、市政府领导调研时指出，要立足于蛟矶庙独有的人文资源和大龙湾网红沙滩亮丽的自然本底，高标准细化改造提升方案，打造芜湖长江岸线最佳观景点。此番消息令人振奋！"蛟矶庙的传说"已是市级非物质文化遗产代表性项目，而今又能圆满完成《芜湖蛟矶庙历代题咏》的编纂，盖时事之助也。

张双柱

2024 年 3 月

# 凡　例

一、是编旨在汇辑有关芜湖蛟矶庙历代题咏作品，供文旅爱好者和相关研究者作阅读、参考之资，亦为地方文史馆藏增砖添瓦，故网罗散佚，虽录其文难详其人，亦加摭拾。

二、是编辑录诗词曲联诸体，凡铭赋记序及其他文献资料概未阑入。故作者420余家，作品670多首，时间跨度上限始于中晚唐时期，下讫1949年9月中华人民共和国成立前夕。

三、是编以作者为经，以时代先后为序。凡生卒年可考者，以生卒年为序；生卒年不可考者，以其登第年或其仕宦、交游、酬和等可知之时间为参。少数生平不详者和无名氏，参考原出处排序情况酌情编排，或编排于书末。

四、是编尊重历史和作者，无论工拙，不作任何修改。但对明显荒唐或不实之作，则未予采录。还有一些作品查无出处，为保证编选权威性，避免以讹传讹，也未采录。

五、是编坚持全面正确贯彻国家有关语言文字的规范和标准，原作品中使用的繁体字、异体字一般改为规范汉字。然蛟矶之古称如"蟂矶""枭矶""焦矶"等，皆依原作。其他特殊地名、人名，亦各依原作。

　　六、是编一般不作注释，对部分鲜见的历史、人物、地理、风俗根据内容略作说明。作者自注，视为原作组成部分，予以保留。部分作品散见于多处，则按采信出处，适当保留该版本注释。

# 目 录

目
录
▲
▲
▲

目
录
▲
▲
▲

目

录

▲

▲

▲

目
录
▲
▲
▲

目

录

▲

▲

▲

芜湖蛟矶庙历代题咏

目
录
▲
▲
▲

目

录
▲

▲

▲

目

录

▲

▲

▲

目
录
▲
▲
▲

目
录
▲
▲
▲

目

录
▲
▲
▲
▲

## 赵嘏

赵嘏（约806—约853），字承佑，楚州山阳（今江苏省淮安市淮安区）人。唐会昌二年（842）进士，会昌末或大中初入仕渭南尉。著有《渭南集》。

### 泊蟂矶江馆①

风雪晴来岁欲除，孤舟晚下意何如。

月当轩色湖平后，雁断云声客起初。

傍晓管弦何处静，犯寒杨柳绕津疏。

三间茅屋东溪上，归去生涯竹与书。

——《御定全唐诗录》卷八十二

[注] ①比《御定全唐诗录》迟一年刊刻的《御定全唐诗》收录该诗，题为《泊凫矶江馆》，颔联为"月当轩色湖平后，雁断云声夜起初"，且"湖"注"一作'潮'"，"夜"注"一作'客'"。

## 杜荀鹤

杜荀鹤（846—904），字彦之，池州石埭（今安徽省池州市石台县）人，自号九华山人。晚唐著名现实主义诗人，宫词为唐第一。唐大顺二年（891）擢第，授翰林学士、主客员外郎、知制诰。著有《唐风集》。

### 水心禅院①

百啭流莺慰客情，白门飞去片帆轻。

鱼龙宫阙浮空上，烟雨渔舟绕栏行。

宝货远通银豆市，芦花春满竹棚城。

水心自昔称禅院，何事孙家著姓名。

——康熙《蟂矶山志》卷下

[注] ①水心禅院：唐建于蟂矶山上，岁久，废为羽林庵。其后，宁渊观、灵泽夫人祠、蟂矶庙皆建于今所。

## 周紫芝

周紫芝（1082—1155），字少隐，号竹坡居士。宣城（今安徽省宣城市）人。南宋文学家。宋绍兴十二年（1142）廷对第三，为礼、兵部架阁文字，历官枢密院编修官、右司员外郎，知兴国军（今湖北阳新县），后退隐庐山。著有《太仓稊米集》《竹坡诗话》等。

### 吉祥寺

春江渺渺一鸥飞，欲解扁舟未得归。

试问颠风何似恶，浪花丛里看蟂矶。

——顺治《太平三书》卷四

## 王之道

王之道（1093—1169），字彦猷，号相山居士，庐州濡须（今属安徽省无为市）人。宋宣和六年（1124）与兄之义、弟之深同登进士第，任历阳县丞，摄无为军、湖南转运判官等。著有《相山集》。

### 秋日由秋浦抵敬亭舟过蟂矶有感而作①

砥柱中流几万秋，波翻隐隐淡云浮。

三山半落青天外，四野回环绿水流。

分散鸳鸯拒柳岸，惊飞鸥鸟宿沙洲。
莫言此处风涛恶，变化龙飞天际头。

——康熙《蟂矶山志》卷下

[注] ①《蟂矶山志》辑此诗，作者为王文道，并署官衔为丞相，其他信息不详。按宋文献查无王文道，疑王之道之误。王之道封枢密使，号相山居士，曾留有大量与无为、芜湖相关的诗文。

## 张孝祥

张孝祥（1132—1169），字安国，号于湖居士，历阳乌江（今属安徽省马鞍山市和县）人，幼随父寓居芜湖。南宋著名词人、书法家，为豪放派代表作家之一。宋绍兴二十四年（1154）进士第一，历中书舍人、建康留守，因助北伐罢职，后知荆南府，兼湖北路安抚使。乾道五年（1169）以显谟阁直学士致仕，次年在芜湖病逝。著有《于湖居士文集》《于湖居士乐府》等。

### 宁渊观<sup>①</sup>

极目洪波渺，轰轰浪接天。
江心分殿宇，敕赐号宁渊。
日照山如画，云浓小似烟。
休寻蓬岛地，只此水中仙。

——《两宋名贤小集》卷一百四十四

[注] ①宁渊观：本唐代水心禅院。在蟂矶，称宁渊上观。因阻江不便祭祀，宋代后在今中长街青弋江畔，就佑圣祠增创，建成宁渊下观。今俱不存。

## 陈　造

陈造（1133—1203），字唐卿，号江湖长翁，高邮（今属江苏省扬州市）人。宋孝宗淳熙二年（1175）进士，调太平州繁昌尉，历平江府教授、通判房州权知州事、浙西路安抚司参议、淮南西路安抚司参议等。著有《江湖长翁集》。

### 题芜湖雄观亭

大江来东南，旁受众壑输。下驿峡下窄，积水陡下百尺余。势如千鼓骤万马，阗阗啴蹵崩腾排轧争危涂。蝘矶赖是作龃龉，不然颓沙裂岸宁复通舳舻。霜晴似揭天两镜，瞥眼浪涛相吞屠。不知河伯窟宅托何所，只应蛟鳄跋扈无宁居。阴晴明晦何限景，付与沙鸥浦鹭纶竿夫。令君作亭揽其要，豁然眼界了江湖。我昔暂登览，诗瓢仍酒壶。寒声隐隐撼窗户，绿雾喷噀擅晓晡。吴樯楚柁乱秋叶，蜚山涌雪略座隅。淮山千髻更在洪涛外，昏烟淡日时有无。昆阳胜负等蛮触，魏中之梁直锱铢。人生红尘中，局缩辕下驹。安得李成王宰不死俱在眼，水墨挥洒丹青摹。江山千里入卷轴，从此不数玄圃昆仑图。

——《江湖长翁集》卷九

## 王文遒

王文遒，宋青州人，生平不详。

### 蝘　矶

#### 一

日出风烟没，江平易渡洲。

远山环翠黛，怪石激清流。

塞雁团沙集，江豚吹浪游。

相逢须尽饮，诗句设题留。

二

绝胜江心阁，慈航济晚游。

雄涛翻定水，落雁乱沧洲。

萧索鱼龙静，虚无殿宇浮。

题诗有高适，逸兴逼清秋。

——康熙《螺矶山志》卷上

## 李 兼

李兼（？—1208），字孟达，号雪岩，宣城（今安徽省宣城市）人。宋开禧三年（1207）以朝请郎知台州。编《宣城总集》二十八卷。

### 发于湖

断岸收潢潦，苍烟出翠微。

众帆争鹊港，孤塔认枭矶。

万事皆前定，重来悟昨非。

此身縻薄爵，何处避危机。

——《宛陵群英集》卷五

## 岳 珂

岳珂（1183—1234），字肃之，号亦斋，相州汤阴（今河南省安阳市汤阴县）人，南宋名将岳飞之孙。南宋开禧元年（1205）进士，嘉定十年（1217）出知嘉兴，历承议郎、户部侍郎、淮东总领兼制置使。著有《桯史》《玉楮集》等。

## 入芜湖港过吉祥寺

昔时曾访后山松，天道那令霸业穷。
夹岸人观新太守，拥门僧认旧诗翁。
隐矶漫指六朝事，鲁港尝淹五宿风。
从此片帆湖际去，只应日在瑞云东。

——《玉楮集》卷七

## 吴　渊

吴渊（1190—1257），字道父，号退庵，建康溧水（今属江苏省南京市）人，祖籍宣州宁国（今属安徽省宣城市）。南宋嘉定七年（1214）进士，调建德主簿，累官兵部尚书、江东安抚使，封金陵侯。著有《退庵文集》。

## 蟂　矶

恨别刘郎一水悬，真孤此际月婵娟。
山留拳石归吴女，神映峨眉望汉川。
霜骨千年灯火在，香魂四下水云连。
才添肜史登题句，又被芦花一缆牵。

——康熙《蟂矶山志》卷下

## 王去疾

王去疾，字吉甫，南宋金坛（今属江苏常州市）人，乡贡进士。

入元后，历吉州路、杭州儒学教授，以从事郎镇江录事致仕。著有《直溪集》。

## 菩萨蛮·蟂矶词

吴波深处波声急，栏干下瞰鱼龙宅。江北与江南，斜阳山外山。 十洲三岛地，梦里身曾至。今日醉危亭，神仙邀我盟。

——康熙《太平府志》卷三十九

## 董嗣杲

董嗣杲，生卒大致南宋末至元初，字明德，号静传，杭州（今浙江省杭州市）人。宋理宗景定中榷茶九江富池，宋亡入山为道士，改名思学，字无益，号老君山人。著有《西湖百咏》《庐山集》等。

## 蟂 矶

蟂矶耸拔大江东，枭能害人时所恶。或谓水沃石上来，以浇易蟂本无据①。前对三山削遥翠，左望邑庐如栉布。政和观额颁宁渊，青墩月出寒沙暮。仙屋周遭二十间，常容苦行挂单住。于湖题字迹已湮，拍矶只有风涛怒。下观转经送轮藏，若徒自希檀施顾。饱饮临江望此矶，此水终身不曾渡。青鞋寻胜亦痛快，斜阳迅如箭锋度。蒲帆挂起祗瞬息，顷刻便舣芜湖步。破舟可弃迹可安，邑桥官店暂寻寓。酾酒欢歌谢江灵，高眺月江足诗句。

——《庐山集》卷四

[注] ①原注：放翁云。编注：参见陆游《入蜀记·十九日》。

## 芜湖县

云樯风柂舣江湄,客寄何心听是非。
国课转亏商旅瘠,县官频易吏胥肥。
花迷夜市灯初合,柳匝寒田水自围。
今古通津离别地,晓沙晴日出蟂矶。

——《庐山集》卷四

## 贡 奎

贡奎(1269—1329),字仲章,号云林,宣城(今安徽省宣城市)人。元代中期著名词臣,初为池州齐山书院山长,后荐授太常奉礼郎,官至集贤直学士。著有《云林集》。

### 舟宿荻港

冉冉秋云暮,冲寒买去船。长江泻吴楚,故国澹风烟。日黯芦翻雪,矶危浪拍天。蛟鼍潜暗壑,雁鹜起平川。虎饮沙遗迹,龙归窟濩涎。岸崩悬老树,山暗失层巅。灵庙森长戟,奔滩抱古廛。渔家罾网集,商舶鼓钲阗。登览谁无恐,漂零客有篇。浮生行役苦,即合卧林泉。

——《云林集》卷五

## 欧阳玄

欧阳玄(1283—1358),字元功,号圭斋。原籍居庐陵(今江西省吉安市),至曾祖辈迁潭州浏阳(今属湖南省)。元廷祐二年(1315)进士第三名,曾为芜湖、武冈县尹,入为国子博士、监丞,升翰林学士承旨，获赠楚国公，世称"元四学士"。著有《圭斋文集》。

## 蟂矶烟浪①

银涛堆里屋岧嶤，闻说江心旧隐蟂。

拟傍龙宫抄玉蕊，如聆蛟室织冰绡。

道人晨起烟中磬，灵后宵征月下潮。

占断江南形胜地，海门何处觅金焦。

——康熙《太平府志》卷三十九

[注] ①欧阳玄任芜湖县尹期间，对芜湖名胜古迹多加保护修葺，不仅主持命名芜湖八景，而且逐一作诗传世。欧阳诗曾载于《太平府志》，后编入他主修的《经世大典》。该诗系欧阳玄《芜湖八景》之六。

## 贡师泰

贡师泰（1298—1362），字泰甫，宣城（今安徽省宣城市）人。元代著名散文家，元泰定四年（1327）进士，曾任吏部侍郎、兵部侍郎、礼部尚书、户部尚书。著有《玩斋集》。

### 分题得芜湖月送宋显夫赴山南佥宪

芜湖月碧天，无风江似雪。与君迢递行相随，一似都门别时节。扬州觅得卖盐船，夜来泊向蟂矶边。矶边潮平人语静，但见一镜当空悬。君心明白有如此，光照荆州几千里。郡曹隔岸俟新官，识得绣衣前御史。山南父老来劝酒，前日清光还在手。

——《玩斋集》卷二

## 黄 礼

黄礼，字文敬，太平路芜湖（今安徽省芜湖市）人。元至正间领浙江乡荐任岱山书院山长，明初授浙江龙游县主簿，未几称疾归，教授子弟，乡称铉州先生。著有《迩言录》，今散失。

### 蟂 矶

江山屹立翠葱茏，灵泽神祠境界雄。

鳌背四围流泽水，龙湫直上出仙宫。

风回波浪奋撞际，烟锁楼台浐洞中。

便好乘槎从此去，银河有路许相通。

——康熙《蟂矶山志》卷下

## 张以宁

张以宁（1301—1370），字志道，号翠屏山人，古田（今福建省宁德市古田县）人。元泰定中以春秋举进士，授翰林学士，明初复授侍讲学士，奉使安南（越南古名）。元末明初文学家，闽中诗派先驱，著有《翠屏集》等。

### 焦矶庙①

碧殿红楹翠浪间，江风缥渺动烟鬟。

神鸡不逐云中去，啼杀清秋月满山。

——《全闽诗话》卷六

[注] ①据传该诗系张以宁题壁之作，有人过之改其末句，云："神鸡忍逐他人去，羞杀清秋月满山。"张以宁再过见之大惭，遂刮去其诗。

## 陈谟

陈谟（1305—1388），字一德，号心吾，世称海桑先生，泰和（今属江西省吉安市）人。曾屡次参加元代科举考试，未中转而授徒教书。入明后，太祖给予较高礼遇，多次被聘为江浙考官。明初诗坛江右派代表人物，著有《海桑集》。

### 焦矶寺

过尽三山见翠屏，金银梵刹接青冥。

江心磻石何年化，亦恐飞来是落星。

——《海桑集》卷二

## 陶　安

陶安（1315—1371），字主敬，太平路当涂（今属安徽省马鞍山市）人。元至正四年（1344）举乡试，授明道书院山长。明洪武元年（1368）为翰林学士，知制诰兼修国史，迁江西参政。对明朝初期典章制度建设有重要贡献，著有《陶学士集》。

### 橹　港

昔年游此地，市井簇人烟。

水驿官船鼓，苍林酒阁弦。

重来尽芦渚，何异变桑田。

回望蟂矶在，临流独怅然。

——《陶学士集》卷三

## 寄钱彦良二首（其二）

垆亭旧时月，两地照分离。

岁久无音信，人来每问知。

蛟矶<sup>①</sup>息烽火，鸥渚净涟漪。

县郭茅茨密，遗民喜得师。

——《陶学士集》卷三

[注]①原注：蛟矶，朱国祯《涌幢小品蛟矶》："芜湖江心有矶，矶上有祠，祠孙夫人，曰蛟矶。"

## 送湖北宪佥亦普剌金

金斧霜威压将营，烟尘不犯石头城。

当朝天子为知己，列郡乡民总习兵。

鄂渚山川何日到，于湖风浪一时平。

舟师好渡蛟矶去，江上游氛易得清。

——《陶学士集》卷五

## 蛟 矶

御风疑是上瀛洲，灵渎生峰倚斗牛。

海底龙宫随浪出，域中鳌极在空浮。

川妃据险神南国，造物钟奇抗上流。

天堑倘如平定日，画船箫鼓接琼楼。

——《陶学士集》卷七

## 朱元璋

朱元璋（1328—1398），明太祖，原名兴宗，后改名元璋，字国瑞。濠州钟离（今安徽省凤阳县东）人。少时在皇觉寺为僧，元至正二十八年（1368）称帝，在位三十年。著有《朱太祖集》。

### 咏蟂矶①

龙车凤辇出皇都，蟂矶烟锁在芜湖。

千林红叶秋来扫，万里江山一样模。

荡荡长江俱左右，明明日月照东吴。

梅花才报春消息，瑞气纷纷到处无。

——康熙《蟂矶山志》卷下

[注] ①《蟂矶山志》于诗作前题记"明太祖御制"，于诗后由边维垣跋识："此我太祖宸翰也，缛章藻句，光映天日。夫以山在烟波中，而夫人灵贶已足，以伸明威而肃远。人况奉纶音昭其有赫，则赫赫之声，固益有以显濯濯之灵，而思皇多士则宜瞻礼而扬诩之不暇也。于万斯年此山与此翰，其传美于无穷哉。视诸永安之宫一草莱耳。然则大人舍彼而就此，讵非灵之大者欤。"题从康熙《太平府志》。

## 罗贯中

罗贯中（约1330—约1400年），名本，字贯中，号湖海散人，古并州（今山西太原）人。元末明初著名小说家、戏曲家，代表作《三国演义》。

## 刘郎浦口号①

吴蜀成婚此水浔，明珠步障幄黄金。
谁知一女轻天下，欲换刘郎鼎峙心。

———《三国演义》第五十回

[注] ①该诗原系唐代吕温所作《刘郎浦口号》，《三国演义》引述该诗时将其中的第三句"谁将一女轻天下"改了一字。此诗写的虽然不是芜湖蛟矶，却从另一角度表现出三国孙夫人性格，故列于罗贯中名下以供参考。

## 叹枭姬祠

先主兵归白帝城，夫人闻难独捐生。
至今江畔遗碑在，犹著千秋烈女名。

———《三国演义》第八十四回

## 刘有年

刘有年（1332—1410）字大有，沅州（今湖南省芷江侗族自治县）人。明洪武五年（1372），以明经充本府儒学训导，迁福建道监察御史，又荐任太平知府。著有《芷庵集》。

## 蝶 矶

哀殒滦江葬此山，千年名著两仪间。
精魂不逐秋烟散，环珮常从夜月还。
入蜀悔辞先生驾，归吴羞睹大兄颜。
至今遗恨犹刚猛，怒挟飞涛触石滩。

———康熙《蝶矶山志》卷下

# 胡启先

胡启先，安福（今属江西省吉安市）人，明洪武四年（1371）进士。

## 灵泽夫人庙

螺矶石，小如拳。江可涸，石年年。江流日夕催行客，蜀汉亡魂挽不得。美人遗恨何能平？悲风飒飒云冥冥，石上千秋应有灵。

——康熙《螺矶山志》卷上

# 解　缙

解缙（1369—1415），字大绅，一字缙绅，号春雨，江西吉水（今属江西省吉安市）人。明洪武二十一年（1388）进士，二十四年罢官，归乡进学。永乐初，奉命总裁《太祖实录》、纂修《永乐大典》。官至内阁首辅、右春坊大学士，与杨慎、徐渭并称明代三大才子。著有《春雨斋集》《文毅集》等。

## 游螺矶

万顷波光镜面开，穹窿鳌背负楼台。

水连天色无边阔，风递潮声不断来。

春雨又随龙化去，夕阳常送鸟飞回。

麻姑几见成清浅，何必昆明问劫灰。

——康熙《太平府志》卷三十九

## 胡 广

胡广（1370—1418），一名靖，字光大，号晃庵，吉水（今属江西省吉安市）人。明建文二年（1400）进士第一，授翰林院修撰，后继解缙为内阁首辅，官至文渊阁大学士，谥文穆。明朝著名文学家、学者，著有《胡文穆公文集》。

### 蛟 矶

万顷波光镜面开，水宫云影见楼台。

夕阳飞鸟归无尽，春浦寒潮自往来。

灯火只今渔艇近，鼓钟长送客帆回。

东游未遂经行兴，况是严程日苦催。

——《胡文穆公文集》卷六

## 宋 彬

宋彬，据《芜湖县志》记载：明洪武二十七年（1394）芜湖县尹任上重修公署（县治），并建讲堂射圃；二十九年又重修文庙（芜湖学宫），并建明伦堂、讲堂。

### 蛟 矶

威灵赫赫镇江心，巨浪滔滔绕圣城。

吴蜀结婚求羽翼，曹瞒焉敢视南京。

生时曾做刘皇后，死后为神助大明。

广仗士商来祝祷，但祈护国几千春。

——康熙《蛟矶山志》卷下

## 谢　宗

谢宗，字崇文，安徽枞阳人。明永乐二年（1404）选贡，历任山东胶州知州、浙江金华府知府。

### 蟂矶孙夫人庙

宁母归原误，殉夫义自存。
身沉皖江水，波涌剑门魂。
风静帆无力，洲空石有痕。
永安宫殿在，未去暮云昏。

——《桐旧集》

## 唐文凤

唐文凤（约1414年前后在世），字子仪，号梦鹤，安徽歙县人。明永乐中以荐授兴国（今属江西省赣州市）知县。著有《梧冈集》。

### 题长江万里图为赵中道赋①

一廛老屋城南隅，读书乐道非愚夫。西川有客踏秋雨，访予手把长江图。披图细数经行处，天山白积银为树。冰澌暖沁六月流，雪波怒向三巴注。蜀江溶溶远纡回，巨灵擘破巫峡开。势雄地束不得逞，直走万丈疑奔雷。瞿塘滟滪天下险，巨石双分锐磨剪。盘涡每忧巨浸深，冷喷犹嫌急波浅。人鲊瓮头云结愁，馋蛟昼舞寒风秋。至喜亭边可贳酒，秭归县前仍舣舟。荆湘荡漾平于掌，蒲帆箭疾飞双桨。苍龙山露翠烟中，白虹水接银河上。岳阳楼高明月凉，仙人踏冷鹤背霜。玉箫吹碎丹凤语，宝剑拭动青蛇光。洞庭茫茫接彭蠡，千里相望同尺咫。无情五老苍颜凋，含羞二姑黛鬟美。扬澜潋滟鄱湖宽，水府冯夷严守关。明珠泣坠渊客怨，冰绡织就鲛人闲。枭矶秉灵孙小女，冷风倐度神巫语。客回望尽江东云，鸟归带得淮南雨。须臾放棹下金陵，蓬莱宫阙高崚嶒。黄衣圣人御宸极，紫雾冲霄王气腾。浪游历记万余里，愕梦惊魂几悲喜。江花江水兴无穷，点染丹青烦画史。赋诗题画心悠然，才思安得如涌泉。酒酣击节唾壶缺，长歌杜陵壮游篇。

——《梧冈集》卷二

[注] ①原注：中道，蜀人。

## 枭矶

《宣城志》载：庙祠昭烈夫人，孙权妹。

拳石耸江中，波流四面同。今传神显异，昔诧女英雄。巴蜀经营远，荆吴割据通。魂归思故国，不祀永安宫。

——《梧冈集》卷三

## 周讷

周讷，字无咎。于湖（今安徽芜湖）人，明永乐间任繁昌医学训科，擢湖广襄阳知县，秩满迁礼部郎中，转太常寺少卿。明洪熙元年（1425）调交趾（位于今越南北部红河流域）知府。

### 登览蟹矶 并序

蟹矶山在大江中，乃于湖形胜之地，灵泽孙夫人庙居焉。一日登览，见刘太守诗有"羞睹大兄"之句，是盖论其迹而未究其心者也，当其归蜀也，妻以礼及乎还吴也。迎以舟举，无他意，青史昭然。复成一诗以明夫人之心，观者鉴之。

一

银涛堆里驾青山，灵泽名垂宇宙间。

辽鹤已从华表去，吴舡徒向石城还。

三分政托图王业，一死何惭累玉颜。

祀典褒封崇庙食，绵绵千古共江滩。

二

灵泽神祠何处寻，于湖江上耸孤岑。

鱼龙变化烟波阔，楼殿参差岁月深。

自识夫兄同大义，谁言吴蜀异贞心。

当年结好诚良策，何事归来意陆沉。

——康熙《蟂矶山志》卷下

## 廖骥

廖骥，字贻后，吉水（今属江西省吉安市）人，明宣德七年（1432）由荐举任芜湖县学训导。

### 登蟂矶

天连四水宽，石拥孤山小。顷刻长风来，烟涛同缥缈。恍如蓬岛游，汗漫离尘垢。又逐瀛洲仙，翩翩接飞鸟。灵泽名今存，楼栖依树杪。丹青户牖空，金璧星霞皎。潮翻惧鲸奔，浪擎惊虬吼。嗟我久驱驰，登临兴偏少。移舟拭一攀，健羡应忘了。鱼跃镜中沉，雁鸣天外晓。当窗楚汉分，俯槛秦淮绕。慨古忆燃犀，龙宫路还杳。

——康熙《蟂矶山志》卷上

## 钱 奂

钱奂，字文焕，鄞县（今属浙江省宁波市）人。明正统元年（1436）进士，授户科给事中，官广西左布政使。

### 芜湖登汉妃庙

性癖贪奇暂泊舟，坐披片石瞰中流。

雷鸣浪底擎鳌骨，雨过江心见佛头。

万顷奔涛翻日月，一杯荐食老春秋。

至今遗事传昭烈，蜀水吴山共结愁。

——《甬上耆旧诗》卷十三

## 周 洪

周洪，芜湖人。明景泰三年（1452）贡生，任江西南康府通判。

### 蜈矶

屹立江心石一拳，银涛千顷淡如烟。

参差楼阁江南景，好似蓬莱圜苑天。

——康熙《蜈矶山志》卷下

## 黄 让

黄让，字用逊，芜湖人。明景泰五年（1454）进士，官监察御史。曾重修《芜湖县志》

## 蠔 矶

晓日瞳瞳宿雾开，一拳石上见楼台。

千年寝庙神犹在，万里巴江水自来。

结发欲全夫主计，归吴重省大兄回。

分明一死全恩义，不尽东流恨未灰。

——康熙《蠔矶山志》卷下

## 郑 延

郑延，字世昌，乡称东谷先生，海盐（今属浙江省嘉兴市）人。明天顺中（1461）贡授广东舶司副提举。有《东谷存笥集》。

## 蠔 矶

春江雨余潮水长，烟浪滔滔拍天响。

青山一带是江南，夕橹朝帆自来往。

石矶高出江之中，上有楼台接太空。

安得锦帆三百尺，凌风直到广寒宫。

——民国《芜湖县志》卷五十九

## 沈 周

沈周（1427—1509），字启南，号石田，长洲（今江苏省苏州市）人，明代著名画家、书法家、文学家、医学家，与文徵明、唐寅、仇英并称"明四家"，吴门画派创始人。著有《石田诗选》。

## 会饮涵虚楼①

白发萧萧始此来，高楼正倚夕阳台。

阑凭南面山都出，梯到上头江大开。

自愧衰翁落迟局，未容民部不深杯。

若教却饮天应笑，豪杰眼前安在哉。

——《石田诗选》卷三

[注] ①涵虚楼：明孝宗于弘治十四年（1501）在蛟矶敕建牌坊一座，额曰"中流砥柱"，并建右殿三楹。明世宗于嘉靖二十一年（1542），更右殿为"涵虚楼"，还在楼后建"涵碧楼"。诗题系编者所改，原题：赵民部梦麟王廷信符用愚诸公携酒会饮涵虚楼，民部索诗，遂有此作。

## 陈 选

陈选（1429—1486），字士贤，号克庵，江宁府上元县（今属南京市）人，一说临海城关（今属浙江省台州市）人。明天顺四年（1460）进士，授御史，巡按江西。天顺末以御史督学南畿（即南京），亲作生员教材。著有《丹崖集》《宋史道学传》。

## 蛾 矶

划开鳌动屼孤山，潮落潮生瞬息间。

玉骨不随流水去，贞魂常逐断云还。

青编已著当年事，龙衮何惭旧日颜。

最是斜阳堪画处，一声长笛下江滩。

——康熙《太平府志》卷三十九

## 王　舟

王舟（1437—?），字弘载，余姚（今属浙江省宁波市）人，明成化五年（1469）进士，十九年任芜湖关监督。

### 咏蟂矶

江心有山名蟂矶，矶头雪浪和烟飞。

上下帆樯名利客，悠悠身世何时归。

——康熙《蟂矶山志》卷下

## 谢　理

谢理，字一卿，当涂人，明成化壬辰（1472）进士，以亲老不仕。著有《太平人物志》《东岑四说》《解东园集》等。

### 蟂　矶

椒为卷石水中山，庙倚丹崖屋数间。

潮信却从红日上，江声已逐白云还。

蒹葭破草穿墙脚，薜荔牵藤护匾颜。

欲访灵妃真往事，须烦清梦下长滩。

——康熙《蟂矶山志》卷下

## 张　旭

张旭，字延曙，安徽休宁人。明成化十年（1474）举人，历官孝丰、伊阳、高明知县。著有《梅岩小稿》。

## 枭矶庙

鳌头擎出水晶宫，人说吴妃在此中。

莫恨国亡身一死，千年名教仰高风。

——《梅岩小稿》卷五

## 吴　珍

吴珍，字席宾，浙江长兴人。明成化十一年（1475）进士，十八年任芜关监督。

### 谒孙夫人祠

成化壬寅，余奉命来榷商赋于芜湖。暇日与缮部正郎关中张君、琼户曹主事、西蜀刘君忠，济江谒孙夫人祠于蟂矶。周览之余，不胜钦仰，遂用壁间周太常韵赋此以颂。

于湖闻说望夫山，争似英名动两间。为汉有心甘殒绝，询吴无意觅生还。三分割据资贤德，一柱中支奠淑颜。犹有遗休平险恶，帆樯千古仰神滩。

——康熙《蟂矶山志》卷下

## 李　赞

李赞，字惟诚，号平轩，芜湖人。明成化十六年（1480）与弟李贡同登进士，授吏部主事，掌文选考功，历陕西参政、浙江左布政使。

## 蜣矶

### 其一

山脉潜钟此地雄，穹窿鳌背耸神宫。

灵湫在窟杳难测，远水际天看不穷。

钟鼓乱闻矶石浪，帆樯平掠荻芦风。

来游愧负江山胜，敢谓乾坤在眼中。

### 其二

忧乐难禁去住心，胜游翻感此怀深。

鬓年舟楫梦游昔，白首江湖情系今。

幸与朋侪当尽兴，偶逢渔唱若知音。

便教倾倒招吾弟，何必西湖恋短吟。

——康熙《蜣矶山志》卷下

# 李 贡

李贡（1456—1516），字惟正，号舫斋，芜湖人。明成化十六年（1480）与兄李赞同登进士。累官右都御史，以忤刘瑾罢官。瑾诛，历兵部右侍郎。著有《舫斋集》。

## 灵泽夫人庙

画船载酒舣青山，拂拭残碑草莽间。

先主遐升谁北伐，夫人哀殒不西还。

海门潮落鸣琼佩，剑阁云来拥玉颜。

宫壶凛然余烈在，又随风浪激江滩。

——康熙《太平府志》卷三十九

## 李宗泗

李宗泗（？—1504），字希颜，云南昆明人，幼年随父入四川彭山籍。明成化十七年（1481）进士，任池州府推官，以防能著绩升南广西道御史。著有《挹清轩集》。

### 蛟 矶

吴汉争强两失欢，夫人自分死为安。

神光上逐天光照，玉色平分水色寒。

数点峰峦云外小，一潭星斗镜中宽。

斜阳不尽登临眼，更载兰舟月下看。

——康熙《蛟矶山志》卷下

## 王宗圣

王宗圣，字汝学，义乌人，明成化二十年（1484）进士，累官福建佥事、工部主政，嘉靖二十九年（1550）任芜关主事，游历各处作《蛟矶记事》《马公祠记》等，著有《榷政记》《宾湖稿》。

### 登蛟矶次韵二首

#### 其一

江心楼阁倚天开，汉室今留妃子台。

万里飞樯天外去，一声环佩月中来。

蛟群午夜澄潭稳，鸟阵斜阳掠岸回。

视榷愧吾真政拙，登临忽已动葭灰。

#### 其二

万古纲常只此心，夫人庙貌肃幽深。

云端鸟翼频来往，雨后潮声自古今。

敢恋江山妆物色，愿分波润接聆音。

公余却洗尘嚣念，白日矶头发朗吟。

——康熙《螺矶山志》卷下

## 陈 伦

陈伦，字用常，余姚（今属浙江省宁波市）进士，明成化二十年（1484）任芜湖关监督。

### 咏螺矶

一拳危石浸波中，烟雾濛濛望不穷。

独有津人忘却险，时时来往系孤蓬。

——康熙《螺矶山志》卷下

## 王 继

王继，字道承，号述斋，明于湖（今安徽省芜湖市）人。著有《击壤集》。

### 螺 矶

江空万里石矶蹲，传说螺藏窟尚存。

楼殿千年非蜃气，蓬莱一带有仙根。

浪花狂舞晴飞雪，烟景难妆画隔村。

爱此登临无限趣，望中咫尺是天门。

——康熙《螺矶山志》卷下

# 王 纪

王纪，号极愚，于湖（今安徽省芜湖市）人，明成化二十二年（1486）贡士。

## 蛟 矶

舟样长江素练开，乘风直上此楼台。

干戈自是当年定，踪迹何由此地来。

岩下花飞春雨歇，矶边石出晚潮回。

欲持一束人何在，三酹寒滩湿纸灰。

——康熙《蛟矶山志》卷下

# 陈 镐

028

陈镐（？—1511），字宗之，号矩庵，会稽（今浙江省绍兴市）人。明成化二十三年（1487）与弟陈钦同榜进士，授礼部主事，官至都察院副都御史、湖广巡抚。有《振鹭集》《矩庵漫稿》等。

## 登蛟矶次韵二首

### 一

砥柱波心乘势雄，望迷摇荡水晶宫。

湔磨岁月应难计，蟠据坤舆未可穷。

三国悠悠闲霸业，诸兄凛凛尚英风。

登临何日乘高兴，遥寄讴吟感慨中。

### 二

目送沧波惬壮心，好从飞跃看高深。

江山不语随题品，天地无情自古今。

埋处薜荒蝉雁迹，坐来风递珮环音。

茫然往事凭谁问，消得星郎静里吟。

——康熙《蟂矶山志》卷下

## 李 堂

李堂，字时升，鄞县（今浙江宁波）人。明成化二十三年（1487）进士。官至工部右侍郎，总理河道。著有《堇山集》等。

### 登蟂矶山吊灵泽夫人

水心拳石小，石出殿堂明。

哭死伤生女，亡君敌国情。

魂归秋月白，泪滴大江清。

吴蜀今安在，天遗灵泽英。

——《堇山文集》卷二

### 送同寅莫善诚监税芜湖

送客湖阴去，江山忆旧游。

蟂矶潮负石，沙岸水明楼。

藏赋怜邦本，征商亦庙谋。

薄才何足问，英杰自垂休。

——《堇山文集》卷二

### 蟂矶烟浪①

烟笼矶石似轻纱，石窟玲珑吐浪花。

亭馆霏微藏古庙，帆樯隐约送仙艖。

冥冥雁阵拖秋影，闪闪渔灯落岸砂。

吴蜀有灵遗泽远，一拳鳌立万年家。

——《董山文集》卷五

[注] ①该诗系《芜湖八咏》之一，作者自注：矶有蜀主灵泽夫人庙。

## 万 璇

万璇，湖广武陵（今属湖南省常德市）人。明弘治三年（1490）进士，五年任知芜湖县。

### 蟂矶二首

#### 其一

四面波涛挟翠山，汉妃台殿水云间。

长旌卷日龙争跃，老树悬崖鸟自还。

尘黯锦袍留国赐，烟艳金扁照宫颜。

吞声不尽生前恨，遂逐东流激怒滩。

#### 其二

江国天连瑇画开，嵌崟浮水载楼台。

神蛟撼浪乘春化，仙鹤临风驾辇来。

清夜磬声敲月落，中霄帆影带潮回。

歔歠吴汉争雄处，折戟沉沙事已灰。

——康熙《蟂矶山志》卷下

## 赵 琥

赵琥，字时用，余干（今属江西上饶）人，明弘治四年（1491）任芜湖教谕。有《解峰文稿》《采舟联韵》等。

## 蝶矶二首

### 其一

江心举目四无山，一点青螺白浪间。

客子风樯天外去，仙妃云珮月中环。

侵檐竹色含珠泪，护帐梅花映玉颜。

怪底巴西雪消水，夜深呜咽过前滩。

### 其二

水天深处翠屏开，上有仙妃百尺台。

朱衮绚霞龙闪动，玉箫吹月凤飞来。

巴流汨汨何尝舍，汉鼎茫茫不可回。

独有贞心人莫测，至今如铁未曾灰。

——康熙《蝶矶山志》卷下

## 胡 爟

胡爟（？—1501），字仲光，号蒲塘，南直隶太平府芜湖县（今安徽省芜湖市）人。弘治五年（1492）领乡荐，翌年中进士，授庶吉士，改户部主事。著有《大学补》《蒲塘集》。

## 蝶 矶

长江一寸碧，兀兀中湏洞。

沅湘春画浮，淮扬秋暮动。

万古此登临，独立谁与共。

——康熙《蝶矶山志》卷上

## 陆　相

陆相，字良弼，余姚（今属浙江宁波市）人，明弘治六年（1493）进士，官至长沙太守。著有《吴舫集》《阳明先生浮海传》。

### 谒灵泽夫人祠次阳明先生韵

此余友今都宪阳明王公伯安诗也。公昔以事谪龙场，道经于此，故有是作。观其诗安于所寓，略无愤懑悲哀之意，则公之涵养可知矣。余之此行特棹短航，穿洪涛间开谒祠下，遍阅壁上诸诗多嫚语，因慨论后归宁吴。中虽一时儿女子之情，然孰知昭烈之升退也哉。芜江一死亦足以白其心，而世之君子终不满焉，无乃过乎。

一

气与诸兄可并雄，谁怜香骨葬泉宫。

天生母子情难断，云惨岷峨恨不穷。

玉貌冷涵波底月，灵旗高撼岛边风。

芜江一死千秋节，难汗评题一字中。

二

天生砥柱镇江心，一簇楼台洞府深。

人世有情终有恨，山川成古复成今。

层崖落叶兼秋雨，两岸潮声杂梵音。

东阁何年重解珮，铁龙呼起老龙吟。

——康熙《螺矶山志》卷下

## 鲁　铎

鲁铎（1461—1527），字振之，号莲北，景陵（今湖北省天门市）人。明弘治十五年（1502）进士，授翰林院庶吉士，官至南京国子监祭酒，卒赠礼部侍郎，谥文恪。著有《戒庵文集》《鲁文恪公文集》等。

## 蝮矶祠次莫泉心韵二首

### 一

家世元宜庙貌雄，独怜不近永安宫。
人情竟悔荆州借，天意容教汉祚穷。
白浪未应消愤气，绛幡常自动灵风。
凭高感慨心何限，长立寒江夕照中。

### 二

倚棹登祠生远心，红尘逾觉市朝深。
路经绝域还过此，矶自鸿荒直到今。
杳杳江山元汉业，泠泠钟磬只吴音。
临流莫问千年事，聊凭阑干一短吟。

—— 《鲁铎文恪集》卷三

## 夏 英

夏英，字时彦，明仁和（今浙江余杭）人，医家，著有《灵枢经脉翼》。

## 灵泽夫人祠

瞻彼蝮矶胜，于今几百秋。
海云飞画栋，砥柱矻中流。
割据人何在？英灵女独留。
偶然一登眺，百虑未能休。

—— 康熙《蝮矶山志》卷上

## 邢 珣

邢珣（1462—1532），字子用，号三湖，南直隶太平府当涂县（今属安徽省马鞍山市）人。弘治六年（1493）进士，授南京户部郎中，历任南京刑部郎中、南京工部员外郎、赣州知府。

### 蟂 矶

吾郡多名胜，蟂矶此一奇。

尘踪惜未到，客梦感□思。

过鸟迷烟浪，行槎避石崎。

山灵千古辱，划洗水曹诗。

——康熙《蟂矶山志》卷上

034

## 徐献忠

徐献忠（1469—1545），字伯臣，号长谷，松江华亭（今属上海）人。嘉靖四年（1525）举人。授奉化令，后弃官寓居吴兴。著有《长谷集》。

### 枭矶江上感祢正平李太白作

枭矶突兀净朝氛，江水犹余濯锦纹。

瓜步远山迷野望，秣陵佳气见行云。

空怀鹦鹉关情赋，谁更郎官向夕曛。

头白到来归思绕，短吟长啸不堪闻。

——《长谷集》卷四

## 枭矶瞻谒

劲节中流砥柱迥，湘灵空负此鐏罍。

祠宫尚有风云气，霸业宁忘带砺灰。

永夜灵枭常自语，西飞黄鹤几时来？

江东遗事知多少，读罢残碑首重回。

——《长谷集》卷四

## 程 诰

程诰（1497年前后在世），字自邑，号浯溪山人，安徽歙县人。著有《霞城集》。

## 枭矶庙

吴女何年庙，春云覆岛幽。

舳舻无数过，鸥鸟一双浮。

贾客增花厱，歌巫掣宝韝。

刘郎去不返，唯见蜀江流。

——《霞城集》卷十一

## 周 塥

周塥，字在庵，武进（今属江苏省常州市）人，明弘治十二年（1499）进士，官至刑部主政、云南安察司佥事。①

## 蟂 矶

蟂矶名胜见图经，乘兴登临恨未曾。

铁柱障江千古在，螺环当境十分青。

品题今日逢工部，管领何年属野僧。

闻说汉妃曾此葬，凭将诗句问山灵。

——康熙《螺矶山志》卷下

[注] ①民国《芜湖县志》在清代关监督名下记有"周□（失名）"，并注曰："按《螺矶山志》有武进周埙，字在庵，刑部主事，然不著年代，其诗列在李贡之前，恐非康熙时人也。"

## 王守仁

王守仁（1472—1529），本名王云，字伯安，号阳明，世称阳明先生，余姚（今属浙江）人。明弘治十二年（1499）进士，官至兵部尚书，明穆宗时追赠新建侯爵，谥号"文成"。万历十二年（1584）从祀于孔庙。明朝杰出的思想家、文学家、军事家、教育家，著有《王文成公全书》。

### 登螺矶次草泉心刘石门韵二首①

一

中流片石倚孤雄，下有冯夷百尺宫。

滟滪西蟠浑失地，长江东去正无穷。

徒闻吴女埋香玉，惟见沙鸥乱雪风。

往事凄微何足问，永安宫阙草莱中。

二

江上孤臣一片心，几经漂没水痕深。

极怜撑拄即从古，正恐崩颓或自今。

薛蚀秋螺残老翠，蝲鸣春雨落空音。

好携双鹤矶头坐，明月中宵一朗吟。

——《王文成全书》卷二十

[注] ①明弘治壬戌年（1502），作者以刑部主事告病归越并楚游作。

## 清风楼

远看秋鹤下云皋，压帽青天碍眼高。

石底蟠蜿吹锦雾，海门孤月送银涛。

酒经残雪浑无力，诗倚新春欲放豪。

倦赋登楼聊短述，清风曾不愧吾曹。

——顺治《太平三书》卷四

## 灵泽夫人祠挂联①

徒闻吴女埋香玉；

惟见沙鸥乱雪风。

——《无为市古今楹联大全》

[注] ①此联摘自作者《登蟂矶次草泉心刘石门韵二首（之一）》，全诗见上文。

## 潘 旦

潘旦（1476—1549），字希周，号石泉。南直隶徽州府婺源县（今江西省上饶市婺源县）人。明弘治十八年（1505）进士，历官右副都御史、兵部左侍郎、两广军务提督。改任南京兵部，未行，托病乞休，赠工部尚书。

## 蝛矶

鹬兮蚌兮死相持，吴兮蜀兮将安归。将安归兮沉江水，水呜咽兮泣湘妃。潮兮汐兮吼蝛矶。

——康熙《蝛矶山志》卷上

## 熊浃

熊浃（1478—1544），字悦之，号北原，江西南昌人。明正德九年（1514）进士，授礼科给事中，历河南参议、右佥都御史、右都御史、礼部尚书、兵部尚书、吏部尚书等职，谥恭肃。

### 登蝛矶次韵一首

孤屿巍峨气概雄，灵妃赫赫镇斯宫。

英魄不随时汩没，清操堪与地无穷。

留吴泪洒巫山雨，思蜀悲临蝛岛风。

湄身易释私归恨，今古游人忆咏中。

——康熙《蝛矶山志》卷下

## 余檗

余檗，明南州人，生平不详。

## 蝛矶

六代成灰烬，千秋此石孤。吴天来厌乱，婚媾亦相图。进退当维谷，危疑不爱躯。　情波遥溯蜀，恨水断归吴。流月心俱永，啼鹃血未枯。湘川频听瑟，蛟泪或添珠。　真人亲将出，灵爽默前躯。

俨若兄风在，居然帝宠殊。祠官分羽卫，锡典丽金铺。　兰泽仍三楚，椒浆供五湖。茫茫凭吊意，霜笛咽林乌。

——康熙《蛾矶山志》卷上

## 夏　言

夏言（1482—1548），字公谨，江西贵溪人。明正德十二年（1517）进士，初授行人，后任兵科给事中，升至礼部尚书兼武英殿大学士入参机务，累加少师、特进光禄大夫、上柱国，其后被擢为首辅。著有《桂洲集》《南宫奏稿》。

### 谒灵泽夫人祠

贤哉孝烈妇，亘古迄今稀。

凛凛威常在，昂昂志可奇。

有意归思计，无颜返故庐。

只为纲常重，留名万载题。

——康熙《蛾矶山志》卷上

## 何廷仁

何廷仁（1483—1551），初名秦，字性之，别号善山，雩都（今江西于都县）人。明嘉靖二十年（1541）出任新会知县，官至南京工部主政，曾调芜湖掌管专卖。任职期满辞官回乡，以讲学著说为乐。著有《善山集》等。

### 蛾　矶

吴楚江天阔，匡华入望深。登临俨仪像，伐木有余音。市隔烟涛迥，台高爽气侵。九丹还石室，孤月照江浔。静得观澜意，无劳羡古今。

——康熙《蟂矶山志》卷上

## 夏邦谟

夏邦谟（1485—1566），字舜俞，号松泉，涪州（今重庆市涪陵区）人，祖籍安徽庐州。明正德三年（1508）进士，授户部主事兼户部考功稽勋、德州仓正等职，官至户、吏、礼部尚书。

### 蟂矶二首

#### 一

江阔浮孤屿，天高冒众峰。

舆圆年代异，物色古今同。

雨洗苍苔净，波翻白雪空。

凄凉追往事，感慨意无穷。

#### 二

积水风涛壮，喧豗气不平。

横天惟鸟度，隔浦断人行。

览胜远蓬岛，凌虚浑太清。

谁云何水部，独悭玩梅情。

——康熙《蟂矶山志》卷上

### 谒孙夫人祠次阳明先生韵

凛凛贞姿气更雄，捐生宁复恋瑶宫。

三分霸业谁能一，万古江流恨不穷。

台殿影笼杨柳月，汀洲声响获花风。

孤舟落日增惆怅，卧听渔歌短笛中。

——康熙《螺矶山志》卷下

## 李文瑞

李文瑞，明监察御史，生平不详。

### 螺 矶

千寻峭石插天开，楼殿玲珑绝点埃。

频见春秋绵血食，谁闻昼夜撼风雷。

金炉香袅春容寂，鸾镜尘生月色堆。

自是贞心垂不泯，令人长咏几徘徊。

——康熙《螺矶山志》卷下

## 王 孜

王孜，字彦桓，明末安徽芜湖人。《芜湖县志》载：读书尚义，寿跻百龄。

### 灵泽夫人祠

青史刚风尚可寻，古祠遗像碧山岑。

衮龙袍染云霞旧，鸟篆碑荒草莽深。

闺阃凛严非细行，江湖哀殒是何心。

烟波正接湘妃庙，满目残阳鸟外沉。

——康熙《螺矶山志》卷下

## 晏 仁

晏仁，蜀川人，明进士，生平不详。

### 蟂 矶

巍巍磐石拥奇峰，石上神妃庙貌雄。

昔日后宫罗剑戟，此时断屺长蒿蓬。

珮环想象烟波裹，楼阁清虚月露中。

莫道香魂容易朽，高风千载与天同。

——康熙《蟂矶山志》卷下

## 单 灿

单灿，明清时期广州教谕，生平不详。

### 蟂 矶

盘石矶边旧隐蟂，阙灵千古壮湖潮。

闲嘘毒雾朝常满，怒拥波涛夕未消。

贾客帆樯看缥缈，渔郎蓑笠望飘萧。

分明一叚①天然画，何用王维染笔描。

——康熙《蟂矶山志》卷下

[注] ①叚：通"瑕"，古文瑕玷之瑕作叚。

## 王 祎

王祎，芜湖人，生平不详。

## 集句咏蟂矶二首

### 一①

蓬莱正殿压金鳌,闻道江心旧隐蟂。

宿雾晓烟迷雪浪,风帆沙鸟泛春潮。

百年文物无多见,三国豪华一旦销。

吟倚阑干多景致,犹将兴废论前朝。

(王建、欧阳玄、王维、王臣、张翥、成始终、魏瑶、无方)

### 二②

穹窿鳌背负楼台,一一窗扉向水开。

天外有山开罨画,席间无地可尘埃。

千寻砥柱中流出,万里风船破浪来。

占断江南形胜地,无劳海上觅蓬莱。

(解缙、苏东坡、周坦夫、前贤、何珣、陈白沙、欧阳玄、刘草窗)

——康熙《蟂矶山志》卷下③

[注] ①该集句诗除第二句外,原作皆与蟂矶无关。其第二句出自元欧阳玄《芜湖八景》,欧阳原作为"闻说江心旧隐蟂"。②该集句诗除第一、七句外,原作皆与蟂矶无关。其第二句出自宋苏轼《韩康公坐上侍儿求书扇上二首》,原作为"一一窗扉面水开";第八句作者应为唐刘宪,原作见《奉和幸安乐公主山庄应制》(《御定全唐诗》卷七十一)。③《蟂矶山志》将该集句列在"王伟"名下,同前文"王祎",仅标记"芜湖"人氏,余皆阙如。民国版《芜湖县志》无此二首集句,也无王伟其人,但辑有王祎及其他作品。故将王伟并于王祎一处并备注,供深入研究者参考。

## 王 镐

王镐,字远沚,明于湖(今安徽省芜湖市)人,余不详。

### 孙夫人祠

耿耿英灵何处寻,世人传说到如今。

微茫烟浪溪山合,虚像楼台岁月深。

吴楚岂知俱是梦,孙刘不解总关心。

圣朝龙锡真殊典,光耀龙袍篆爇沉。

——康熙《蜍矶山志》卷下

## 王 僎

王僎,明人,生平不详。

### 蜍 矶

尝披青史见英雄,玉辇如何得出宫。

人世谩传当日事,神祠还似昔时容。

水晶帘卷吴江月,云母屏开楚国风。

幸有仙曹同眺览,恍疑山色有无中。

——康熙《蜍矶山志》卷下

## 莫 息

莫息,字善诚,号冰泉,又号云楼子,晋陵无锡(今江苏省无锡市)人,官南京工部主事,弘治十四年(1501)任芜关监督。著有《冰泉诗集》。

## 登蟂矶次阳明先生韵

### 一

虎踞西川霸业雄，翠翘哪得出深宫。

姻联吴国真为敌，归省慈闱恐未容。

肯效文姜违妇德，应思太姒有贤风。

邦人莫信荒唐事，都在青山不语中。

### 二

呒然孤屿障江心，雨后跻攀意转深。

省佛髻青无异昔，阅人头白已如今。

断霞残影流明镜，远笛余腔杂梵音。

自喜兹游颇奇绝，最高峰上试清吟。

——康熙《蟂矶山志》卷下

## 刘　淮

刘淮，字潜庵，石门（今属湖南省常德市）人，明弘治十五年（1502）监察御史。

## 次阳明先生韵

### 一

芜江突立此矶雄，上蠹神仙半亩宫。

翠壁树香高欲堕，碧潭蛟卧邃难穷。

一钩仙掌佩环月，千里海门兰芷风。

到此不须疑往事，只将天理白其中。

### 二

仙峤如花欢客心，倚阑秋典坐来深。

江涵山色应朝暮，石激波声没古今。

祠下荒碑宋元刻，烟中落日磬钟音。

尘踪忽讶市寰隔，啸咏窅然迥凤吟。

—— 康熙《蛟矶山志》卷下

## 王俨

王俨，字望之，蕲州（今湖北省蕲春县）人。明正德五年（1510），乡魁选入中书府都，事南京大理寺评事、寺正，后任广西思恩府知府。曾与同乡卸任知府郝守正共同编修《蕲州志》。

### 登蛟矶次韵二首

一

缥缈飞祠占地雄，海天空阔现龙宫。

树吞秋色清堪挹，鸟度寒烟望未穷。

孤障高擎仙掌日，长江远揽绣旗风。

向来陈迹休重问，断简粉粉一笑中。

二

神鳌涌背向波心，下瞰惊涛百尺深。

一自洪荒原有此，几人修整到于今。

楼台隐隐乘云气，松竹潇潇响佩音。

知是夜来仙子驻，阴风犹激水龙吟。

—— 康熙《蛟矶山志》卷下

## 潘周锡

潘周锡，上虞（今属浙江省绍兴市）人，明正德八年（1513）举人，嘉靖十七年（1538）工部员外郎任芜湖关监督。

## 蝾 矶

贞烈无惭盖世雄，敢将玉质秘幽宫。

生缘配蜀情何厚，死为分荆恨莫穷。

孤岳连云朝惨日，寒潮带雨夜号风。

英灵庙貌高千古，老我悲歌一望中。

——康熙《蝾矶山志》卷下

## 郑 佐

郑佐，字时夫，号双溪，徽州岩寺（今属安徽省歙县）人，明正德九年（1514）进士，官至贵州右参政。

## 蝾 矶

怪石巉峨耸渺茫，长年壁立任沧浪。

殿虚楼阁迷烟雨，水叠洪涛赛雪霜。

游宦每怀三国愤，中原谁及一星黄。

而今胜迹堪嗟讶，万古相传震异乡。

——康熙《蝾矶山志》卷下

## 朱 侃

朱侃，芜湖人，明正德十一年（1516）举人，任浙江绍兴府通判。

## 蛟　矶

万里寒江思禹鏊，江心一岛如蛟跃。亭亭不与众山群，屹屹中流无倚着。鬼斧何年巧琢成，似恐神栖靡所托。蜀吴鹬蚌方相持，吴官有女为婚约。百年一醮刘将军，中道谁令成寡鹤。有身无所欲何之，千金一命甘狙落。未扉绀殿丽层空，崇祠正向鳌头阁。一寸威灵耿不磨，千夜江天啼蜀魄。邦人一遇旱干年，还叩祠前祷神泽。蜀寝吴官俱草莱，灵祠香火今如昨。噫嘻夫人女子流，死生去就真无怍。湘妃有泪竹成斑，夫人无命江为镂。夫人假使是男儿，髡汉诛曹焉肯错。瓣香只谒貌如生，赫赫灵光满珠箔。江花湘竹两相望，正气堂堂隘寥廓。庙祝频年索我诗，我老词荒墨池涸。发舒贞烈有宗工，猥尔吾言直糟粕。

——康熙《蛟矶山志》卷上

## 涂　相

涂相，字榉斋，东潭（今属江西南昌）人，明正德十二年（1517）进士，历监察御史、佥事等职。

### 蛟　矶

巍巍庙貌镇长流，万里江山属举眸。

祷祀犹能勤百姓，威灵不减自千秋。

云雷常护蛟龙窟，烟雨遥连白鹭洲。

若使豫州仍过此，还须凛凛过矶头。

——康熙《蛟矶山志》卷下

## 黄 云

黄云，字应龙，号丹岩，江苏昆山人，明弘治时以贡生授曹州训导。著有《黄丹岩先生集》。

### 蟂矶庙祀刘先主后

嫁得夫君盖世雄，志图匡复别江东。
为吴为汉皆亡国，花草还应忆故宫。

——《黄丹岩先生集》卷一

## 吴廷翰

吴廷翰（1490—1559），字崧柏，号苏原。安徽无为人。明正德十六年（1521）进士，历官兵部主事、户部主事、吏部文选司郎中，后为地方官，历任广东佥事、岭南分巡道、浙江参议、山西参议。著述颇丰，代表作有《漫录》《湖山小稿》《苏原全集》等。

### 乘兴登蟂矶五首

去城东北一百里，与芜湖对。嘉靖甲寅正月初八日，由临江坝、栅江访袁世文滞于断窑，为风雨所阻，乘兴登蟂矶，观御制诗及所赐龙袍等物。

#### 一、栅江

立栅江西口，设险坝东头。
栅从何日废？名尚至今留。
顾此升平乐，难忘武备忧。
颇闻洋海警，列戍未应抽。

二、自断窑小舟赴蟂矶

逮晓野初霁，无风江自平。

鸥凫沿艇下，鹅鹳听榔鸣。

半空露幡影，中流有磬声。

灵矶犹隐见，那得片时程！

三、登蟂矶

万仞临江蹑彩霓，一泓抱石涌丹梯。

波涛深护灵妃宅，日月高悬圣祖题。

天外飞甍瞻魏北，树间清磬落淮西。

潜蟂欲起何由得，不似温家有照犀。

四、灵泽夫人祠①

目断长江遂自沉，泪残香骨杳难寻。

千年不尽归吴恨，一死能明去蜀心。

世代山河伤虎斗，岁时风雨听蟂吟。

欲知英烈犹生处，独有涛声亘古今。

五、宿近更楼寺人家

宿近江楼寺，人家江岸深。

暝钟隔残雨，寒鼓答疏砧。

寂寂兼葭夜，泠泠经梵音。

无缘留石榻，犹得浣尘襟。

——《湖山小稿》卷中

[注]①原注：灵泽夫人祠在蟂矶上。顾世远语讹史籍阕载，遂使夫人涉历未明，心迹罔白。独石门一记意核词正，而石峰之序尤励风化，放此义行而流俗之论，可自息矣。因过祠下赋此志之，兼以纪岁月云。

## 灵泽夫人祠挂联

波涛深护灵妃宅；

日月高悬圣祖题。

——《无为市古今楹联大全》

[注] 此联摘自作者《乘兴登蟂矶五首（之三）》，全诗见上文。

## 欧阳德

欧阳德（1495—1554），字崇一，号南野，泰和（今属江西省吉安市）人。明嘉靖二年（1523）进士，授任六安州知州，亲建龙津书院。历刑部员外郎、国子监司业、太仆少卿、礼部尚书等，兼翰林院学士，谥号"文庄"。

### 登蟂矶次韵一首

砥柱中流庙貌雄，独怜不近永安宫。

三分都要图王业，一点何惭累玉容。

愤恨常驱千里浪，贞姿还有万年风。

余心不尽伤心意，感慨徒与夕照中。

——康熙《蟂矶山志》卷下

## 汪居安

汪居安，安徽桐城人，明嘉靖二年（1523）进士，浙江大参。

### 蟂矶

江神好奇崛，捧上苍玉台。

芜湖蛟矶庙历代题咏

台外晴飞雪，槛前画作雷。

古祠自香火，旧迹今草莱。

惆怅斜阳里，凭虚迟酒杯。

——康熙《蟂矶山志》卷上

## 登蟂矶

高台今古镜中流，山色江光拭病眸。

忙里登临还薄暮，吟边风物又新秋。

帆悬斜日低危槛，鹜带残霞落远洲。

忽忆渔矶旧生业，钓舟犹系晚江头。

——康熙《蟂矶山志》卷下

## 戴嘉猷

戴嘉猷，字献之，号前峰，徽州府绩溪县（今属黄山市）人。明嘉靖五年（1526）进士，历任乌程知县、礼科给事、浙江巡抚副使，仕终湖广左参议。著有《前峰漫稿》《东西楚蜀四稿》等。

## 蟂 矶

遥望蟂矶一点青，扁舟乘兴此登临。

窗开四面闲风月，庙枕中流重古今。

老鹤巢松清昼梦，片云阁雨半江阴。

浮沉鸥鸟自朝夕，天地悠悠见素心。

——康熙《蟂矶山志》卷下

## 王德溢

王德溢，字懋中，晚号十竹居士。连江（今属福建省福州市）人。明嘉靖五年（1526）进士，次年出宰芜湖。后调任慈溪知县、徽州同知、广西按察司佥事等职。著有《息鞅录》《十竹漫稿》等。

### 蜋 矶

一

混沌何年凿，风波此日平。

云开看树色，江静听潮声。

远浦孤帆人，空庭一鸟鸣。

宦程堪洗眼，吾亦濯吾缨。

二

开眸空水国，对物坐春台。

云气欲成雨，江声易作雷。

中流真砥柱，此地亦蓬莱。

正尔悬民瘼，沉吟谩举杯。

——康熙《蜋矶山志》卷上

## 李原道

李原道，字宗铭，号少舫，芜湖人，明尚书李贡之子，以荫领戊子顺天乡荐，授南京礼部司务。

### 蜋 矶

英风森纫佩，胜地起楼台。

湘泪春飞雨，胥潮画作雷。

中流成砥柱，此景即蓬莱。

三峡招先主，盈盈荐一杯。

——康熙《蟂矶山志》卷上

### 再游蟂矶宴别沈少波水部

楼舡箫鼓出湖阴，奕奕祠庭喜再临。

和好东吴非失计，经营西蜀见贞心。

炉烟缥渺围宫锦，江练萦纡映宝簪。

水部高怀增感慨，临岐况复思难禁。

——康熙《蟂矶山志》卷下

## 周如斗

周如斗，字允文，号观所，绍兴府余姚（今属浙江省绍兴市）人。明嘉靖八年（1529）进士。以监察御史出按湖广及苏松，升金都御史，巡抚江南，后以副都御史巡抚江西，行一条鞭法，革除侵渔规避宿弊。

### 蟂 矶

胜概齐三岛，登临挟一厄。

玲珑神力助，窈窕日先遗。

天布山前画，云风石上诗。

张骞今奉使，槎泛斗牛奇。

——康熙《蟂矶山志》卷上

## 王 畿

王畿（1498—1583），字汝中，号龙溪，绍兴府山阴（今属浙江省绍兴市）人。师事王守仁，系王门七派"浙中派"创始人。因协助王守仁指导后学，并服心丧三年，明嘉靖十一年（1532）登进士，授南京兵部主事，进郎中，后辞归往来江浙闽越等地讲学四十余年。后人辑有《王龙溪先生全集》。

### 登蟂矶次韵二首

一

大江东下一蟂雄，玉女栖灵是旧宫。

遥望荆门浑欲断，回看吴苑正无穷。

关河不改汉时月，童冠犹存沂上风。

明月扁舟向何处，九华应在万山中。

二

闻峰孤屿卧江心，此夜月明江浅深。

枕边高浪谁醒睡，天末浮云自古今。

正怜龙去留遗藻，犹喜莺啼惠好音。

抱膝中宵浑不寐，还凭湍栏一长吟。

——康熙《蟂矶山志》卷下

## 陈 鹤

陈鹤（约1502—1560），字鸣野，号海樵，山阴（今浙江省绍兴市）人。袭祖荫，官百户，明嘉靖四年（1525）举人。著有《海樵先生集》。

## 川云岛月歌

此余登蟂矶手题楼扁名也。庙传孙夫人故事，恻然生感，因复为之歌。

长川白云飞不绝，孤岛天高见明月。云来云去变阴晴，月升月落常圆缺。江东月照川西云，佳期两地伤离群。云深白帝龙骖远，月冷吴宫凤侣分。霸图自古忘生死，割据何尝恋妻子。离心空对镜月悬，王气惟连阵云紫。女子结姻主在夫，何人造计归东吴？自将欢爱同云散，却把媚颜伴月孤。炎龙已化音尘隔，一旦清流埋玉骨。贞魂遥共蜀云归，遗恨不随山月没。古庙缘江秋复春，云作衣裳月作神。但看往来江上路，至今犹说孙夫人。

——《海樵先生全集》卷五

## 蟂 矶

### 一

送客初回江上舟，挂帆又得到矶头。

风云长护庙门在，岁月尽随潮水流。

汉诈运移龙已化，吴台箫断凤难留。

谁言此地多沦落，西蜀遗宫白草秋。

### 二

惊涛激石乱清秋，共说螺渊在下头。

古庙有灵长傍邑，香魂无主尚思刘。

江空钟磬全过坼，夜久星河半入楼。

往事到今君莫问，久阳林外水悠悠。

——康熙《蟂矶山志》卷下

## 李承绪

李承绪，芜湖人，明嘉靖十一年（1532）选贡，任浙江龙泉县县丞。

### 蝶矶

先主嘘刘汉业崇，南阳鱼水翕然同。

营星不涉三军陨，虚渡仍教五月逢。

刻划顿奇怀古哲，江山偏趁际鸿蒙。

遡回仰止丹青处，秋月依稀剑阁通。

——康熙《蝶矶山志》卷下

## 钱　籍

钱籍，字汝载，号海山，常熟鹿苑（今属江苏张家港）人。明嘉靖十一年（1532年）进士，任遂安知县，擢监察御史。后因虞山剑阁题联入狱，出狱后飘零寄居吴门。著有《海山集》。

### 蝶　矶

蝶矶山峙大江中，上有昭灵神女宫。

回视金焦两卷碧，直如争睹万年雄。

终怜宝镜虚双凤，犹幸霞绡绚九龙。

海燕归时几伤往，寒烟落日起悲风。

——康熙《蝶矶山志》卷下

## 宿 椿

宿椿，字孔龄，榆次（今属山西省晋中市）人，明嘉靖十四年（1535）进士，时年三十二。曾任和州（今安徽省马鞍山市和县）太守。

### 蛟 矶

巳目金焦胜，重登矶上台。

日晴山列画，风急浪凝雷。

景物何前越，追随绝草莱。

水晶仍避暑，相酌莫停杯。

——康熙《蛟矶山志》卷上

## 任 重

任重，字一存，余姚（今属浙江省宁波市）人，明嘉靖十四年（1535）工部员外。

### 蛟 矶

亭下澄江不尽流，亭前翠屿喜凝眸。

独行忽忆当朱夏，十日重经恰素秋。

画舸轻风来绝岛，白鸥斜日起中洲。

水天浩荡胸襟在，杯酒真忘雪满头。

——康熙《蛟矶山志》卷下

# 陶 俊

陶俊，质斋，芜湖人，明嘉靖十五年（1536）贡生，任湖广汉川县教谕。

## 蝫 矶

独泛浮艖到古台，濛濛远树矮于苔。

山嘘岚气拖云下，海拥潮声带雨来。

百尺冯夷蝫窟冷，千年庙貌蜃楼开。

精英灵泽浑如在，三国于今尽草莱。

——康熙《蝫矶山志》卷下

# 陈 清

陈清，号濯缨，芜湖人，领乡荐授南阳教谕，升长沙府通判，知荆门、武定，官至荆襄府长史。曾立芜湖学宫西南宗藩太傅坊，今废。

## 登蝫矶次韵二首

### 一

砥柱栾江天下雄，汉家妃子坐灵宫。

酒杯邀入景无限，诗案供来趣不穷。

蛟隐夜惊催浪雨，鲥肥春饯落花风。

几番登眺倚兰楫，咫尺天门双眼中。

### 二

鼎击三纲一寸心，母恩夫义海门深。

捐生誓死完名节，瘗玉埋香自古今。

史女曹娥同令德，中郎内翰播徽音。

江声于悒终宵雨，惊起潜蛟大块吟。

——康熙《蛟矶山志》卷下

## 胡 经

胡经，明庐陵（今江西吉安市）人，翰林编修，余不详。

### 蛟 矶

仿佛金山胜，依稀坐玉台。

亭虚云作卫，石定浪生雷。

汉月疑环珮，吴宫见草莱。

临风起浩叹，落日不成杯。

——康熙《太平府志》卷三十九

## 卢 庆

卢庆，明和州（今安徽省和县）人，余不详。

### 蛟 矶

路入梯云杳，松阴上翠台。

青山无鸟过，白日有奔雷。

蟠结钟灵异，栖迟坐草莱。

愿言在伊昔，侍从已倾杯。

——康熙《蛟矶山志》卷上

## 潘鹗

潘鹗，字廷荐，芜湖人，曾任明广东广州卫经历，年次失考。

### 蟂矶

殿阁崔嵬气象雄，登临人在水晶宫。

古今山色观无恙，昼夜江声听不穷。

鸥鸟知几闲竟日，帆樯欲迈故乘风。

世情平地多崎险，莫怪风波海岛中。

——康熙《蟂矶山志》卷下

## 姚遇

姚遇，字雨鹤，明云间（今上海松江区一带）人，余不详。

### 咏蟂矶

水部偶公余，折简招故友。移棹滦江湄，振袂蟂矶首。古殿郁松篁，遗容俨妃后。嫁作昭烈述，产同仲谋母。吴蜀竟分疆，孙刘成怨耦。徽称泯生前，崇祀显身后。钟鼓声铿锵，剑戟列左右。香气正纷纷，英风尚纠纠。三献进清酤，再拜荐广牡。即将坎壈修，乃纵登临久。虚阁涵苍茫，层楼摘星斗。嘉乐奏管弦，珍馔罗樽缶。白辉沙际鸥，绿上堤边柳。孤鹤唳长空，妖螭匿深薮。凭栏俯沧浪，隔岸数焙嵝。好景浩无边，良会真不偶。方苦抱离忧，幸逢开笑口。兴亡叹古今，鸟兔迅飞走。纪游春正初，归路日将酉。聚首复何年，相劝杯中酒。

——康熙《蟂矶山志》卷上

芜湖蛟矶庙历代题咏

## 潘玙

潘玙，字一洲，广州卫经历潘鹗之子，芜湖人，明代廪贡生。

### 蛟 矶

磐石烟波里，灵宫日月深。读碑怜往事，坐夕听蛟音。倒海春涛拥，虚楼爽气侵。钟声惊枕梦，渔唱出江浔。川上矶头意，如斯即古今。

——康熙《蛟矶山志》卷上

### 登蛟矶次韵二首

#### 一

飞云片片暗江心，云画江空水自深。

无地楼台疑蜃气，有天日月正当今。

忻同览胜追幽圣，愧和鸣阴乏好音。

夜半江灵如有助，故教风浪起龙吟。

#### 二

曾阅江山一世雄，斜阳芳草汉时宫。

题诗吊古情无限，大节流芳祀不穷。

浪滚金球山吐月，波翻玉屑水生风。

今朝领得矶头意，万理昭然感应中。

——康熙《蛟矶山志》卷下

## 章 焕

章焕，字懋宪，号石城，长洲县（今属江苏省苏州市）人。明嘉靖十七年（1538）进士，历官都御史，抚治郧阳及襄阳。有《华阳漫稿》。

## 蝼矶

### 一

孤峰突兀起江心，面面江波净客襟。

极浦寒烟迷树色，远天横吹杂蝼吟。

虚无山峡潇湘景，缥缈浮丘明月岑。

对榻几同何水部，肯从空外落清音。

### 二

春风江上驻灵旗，神女明妆照祓衣。

片玉销沉孤岛在，贞魂漂泊故宫非。

侍刀俨识生前烈，鸣佩犹疑月下归。

岷水西来转呜咽，至今流恨溅蝼矶。

——康熙《蝼矶山志》卷下

063

## 奚抚

奚抚，字天仁，号三峰，明于湖（今安徽省芜湖市）贡监，曾任江西分宜县县丞。

## 蝼矶

江上神山石一丘，仙人楼阁几春秋。

应知环佩沉蛟室，明月年年水自流。

——康熙《蝼矶山志》卷下

芜湖蛟矶庙历代题咏

▲
▲
▲

## 奚 灼

奚灼，字大见，明人，芜湖例贡，曾任山东平度司马。

### 汉妃庙

天空风静水悠悠，有客登临古石洲。
无际乾坤频眺望，忘机鸥鸟任沉浮。
汉妃庙宇灵犹在，蜀主勋猷志未酬。
漫倚曲阑追往事，蓼花芦荻满江秋。

——康熙《蟂矶山志》卷下

## 刘 兰

刘兰，字存藜，于湖（今安徽省芜湖市）人。明嘉靖十九年（1540）举人，官司李，后任江西瑞州推官。

### 蟂 矶

辉煌金碧起楼台，闻说夫人瘗玉胎。
何处佩环风送至，碧天明月鹤空回。

——康熙《蟂矶山志》卷下

## 陈 善

陈善，字石江，芜湖人，明嘉靖十九年（1540）举人。

### 蟂 矶

移棹登临八月秋，亭亭古庙此矶头。

一时感慨原因汉，千古英灵尚畏刘。

潮落神螭眠石窟，夜深灯火见江楼。

濯缨清我尘襟虑，卧听沧浪起钓舟。

——康熙《螺矶山志》卷下

## 林仰成

林仰成，莆阳（今福建省莆田市）人。明嘉靖二十二年 （1543）中举，三十六年芜湖教谕任上撰《芜湖新修学志》。历任余姚县令、浙江绍兴府通判。

### 螺 矶

层峦翠带夹峰飞，波浪沉寥绕隐矶。

为汉精魂藏古庙，之吴玉佩护残碑。

三分鼎足今何在，一段烟霞只自依。

偶尔登临伤往事，不堪惆怅却忘归。

——康熙《螺矶山志》卷下

## 邵 稷

邵稷，字子嘉，余姚（今属浙江省宁波市）人，明嘉靖二十三年（1544）进士，二十五年（1546）任芜湖县尹。

### 螺 矶

江心庙向对南方，殿阁孤高出异常。

万载不磨灵圣泽，百川都会大江洋。

忠魂护国春秋享，诚意思刘岁月疆。

今日登临须尽乐，何须谈古动悲伤。

——康熙《蛟矶山志》卷下

## 周士佐

　　周士佐，字凤南，绍兴府余姚县（今属浙江省宁波市）人。明嘉靖二十三年（1544）进士，官工部主政。三十六年，时任芜湖关道监督作《蛟矶碑记》。

### 蛟　矶

英风忆自霸吴时，贞烈应能相汉基。
脱水鱼龙浑未解，接天烟树总相思。
君臣忠义归何处，兄母羞惭恨阿谁。
此地有灵宜永祀，幽徽谩为刻穹碑。

——康熙《蛟矶山志》卷下

## 程廷望

　　程廷望，吉安府永丰（今属江西省吉安市）人，明嘉靖间任芜湖学博。

### 蛟　矶

晴日鱼龙静不飞，乘风一叶到蛟矶。
扣关休说先朝事，磨藓将看后世碑。
玉佩翠翘成漠漠，江枫渔唱故依依。
三分割据今尧宇，喜得香魂招不归。

——康熙《蛟矶山志》卷下

066

## 许用中

许用中，字平湫，东阿（今属山东省聊城市）人，进士，嘉靖二十五年（1546）任芜湖关主事。

### 蜹矶

视榷才非拙，登山秋复深。

白云连远岫，红叶粉疏林。

恋国心孤赤，思亲书万金。

遥怜神女宅，放棹一登临。

——康熙《蜹矶山志》卷上

## 贡安国

贡安国，字元略，号受轩。南直隶宣城（今安徽省宣城市宣州区）人。明嘉靖二十七年（1548）讲学于各地，三十五年岁贡，授永丰训导，升湖口教谕，应聘主白鹿洞书院讲席，官至东平知州。先后倡学四十余年，门人集其语录编为《学觉窥斑集》。

### 蜹矶

磷碏拳石拥江流，烟屿沙汀四望收。

天外横屏浑巧岫，云端擎柱几层楼。

舣舟濯足来孤鹤，解组凭栏狎野鸥。

今日江山亦与点，恍然千古思悠悠。

——康熙《蜹矶山志》卷下

## 胡 嵩

胡嵩，湖广汉阳（今属湖北省武汉市）人，明嘉靖二十九年（1550）任芜湖县尹。

### 蝼 矶

佳节祈神到上方，蝼矶胜境果非常。

嶙峋砥柱中流湍，突兀孤浮万顷洋。

江汉难穷归汉恨，山川空对旧吴疆。

遗容俨雅今犹在，千古令人倚感伤。

——康熙《蝼矶山志》卷下

## 胡 膏

胡膏，字来霠，绍兴府余姚县（今属浙江省宁波市）人，明嘉靖二十九年（1550）进士，官至光禄寺丞。曾经参与修撰《余姚县志》。

### 蝼 矶

汉宫不识路艰难，惟喜刀环列将坛。

舟过石头吴渐远，身归鲛室骨犹寒。

粉奁腻水余清晓，藻句龙衣炫碧湍。

谩道异香来月下，箫声呜咽控青鸾。

——康熙《蝼矶山志》卷下

## 李原性

李原性，芜湖人，吏部主事李赞之子。明嘉靖三十一年（1552）贡生，曾任浙江严州府训导。

### 蟂 矶

江心雄峙古祠灵，万丈寒潭映斗星。

水自石门流到海，玉沉蟂窟骨尤罄。

当年霸业谁能定，此日穹碑正可铭。

来往白鸥无所住，烟波一点晚山青。

——康熙《蟂矶山志》卷下

## 张锡刚

张锡刚，明嘉靖三十一年（1552）中举，余不详。

### 蟂 矶

归宁失计恨无穷，万古纲常一命终。

烈魄不随东逝水，贞魂应到永安宫。

庙依孤岛风波稳，舻集行舟祀典隆。

瞻吊感时多涕泪，从看丈节几人同。

——康熙《蟂矶山志》卷下

## 张云路

张云路，明嘉靖三十三年（1554）监察御史，余不详。

## 蝫矶

源流岷蜀远，万顷入沧瀛。

触石生涛怒，观澜慰客情。

剧谈孤柱立，指点数峰清。

为涤尘凡虑，须更到水晶。

——康熙《蝫矶山志》卷上

### 蔡　潮

蔡潮，延平府将乐（今属福建省三明市）人，明嘉靖三十三年（1554），在芜湖训导任上，参与芜湖学宫泮池展拓等扩建工程。

## 蝫矶

势拥青螺天外飞，穿窿江面指蝫矶。

蜀吴事业俱尘土，草木光辉此庙碑。

山秀有灵神自妥，云还无碍鹤相依。

登临感慨当年迹，明月乘流一棹归。

——康熙《蝫矶山志》卷下

### 梁　敷

梁敷，高安（今属江西宜春市）人。明嘉靖三十三年（1554），在芜湖训导任上，参与芜湖学宫泮池展拓等扩建工程。

## 蝫矶

梦寐常随江鸟飞，百年能得几登矶。

欲知炎汉闰中事，来看白云天际碑。

铜雀翠台空草莽，夕阳古庙有魂依。

夜深谁诉兴亡迹，惟有横江孤鹤归。

——康熙《螺矶山志》卷下

## 方　新

方新（1518—1569），字德新，号定溪，安徽青阳人。明嘉靖三十五年（1556）进士，授行人司行人、江西道御史、都察院监察御史。任内冒死进言，被革职为民，隆庆初复职。著有《全台关中文集》。

### 登螺矶

五岳山人自布衣，袖藏赤简到螺矶。

题诗不愧李长吉，纂志多推边少徽。

怪石一拳临绝险，雄文千载藉光辉。

何当索我青云外，烂醉同乘白鹤归。

——康熙《螺矶山志》卷下

## 沈明臣

沈明臣（1518—1596），字嘉则，号句章山人，晚号栎社长，鄞县（今属浙江宁波市）诸生。浙江总督胡宗宪幕僚，参与抗倭。与王叔承、王稚登称为万历间三大"布衣诗人"。著有《丰对楼诗选》。

### 芜湖晚泊

白首胡为者，孤舟出此乡。

枭矶悬暮雨，牛渚射残阳。

今古英雄恨，乾坤涕泪长。

芜湖蛟矶庙历代题咏

驻帆无一事，沽酒对苍茫。

——《丰对楼诗选》卷十六

## 许孟熊

许孟熊，号印峰，明代南陵（今属安徽省芜湖市）人，余不详。

### 蛟 矶

晴江万顷去波平，王气金城着地生。
昭代山川成一统，汉家基业惜三分。
依回炎鼎诸兄策，砥柱中流一妹心。
载悦登临归兴晚，三台千古丽天明。

——康熙《蛟矶山志》卷下

## 胡 杰

胡杰（1520—1571），字子文，号剑西，丰城（今属江西省宜春市）人。明嘉靖二十二年（1543）进士，授翰林院庶吉士，历广平府通判、南京太仆寺丞、提督黄右通政、南京太常寺卿等职。著有《剑西藁》。

### 蛟 矶

蛟矶矶上水沄沄，千载流波咽断云。
已分壮图归故国，独沉遗骨报夫君。
贞心不逐阳台梦，懿列犹镌碣石文。
庙貌峨峨瞻睡寐，一焚椒壁蔫斜曛。

——康熙《蛟矶山志》卷下

## 徐　渭

徐渭（1521—1593），初字文清，后改字文长，号青藤老人、青藤道士、天池山人等，山阴（今浙江省绍兴市）人。明代中期文学家、书画家、戏曲家、军事家，与解缙、杨慎并称"明代三才子"。著有《南词叙录》《四声猿》《歌代啸》等。

### 蟂矶孙夫人祠联柱

思亲泪落吴江冷；
望帝魂归蜀道难。

——清梁章钜《楹联丛话》

[注] 梁章钜《楹联丛话》："蟂矶孙夫人祠有徐文长联柱云。"并记载："相传修祠工甫竣，董役者梦夫人谕之云：'楹联且缓制，须至某日时，有徐先生过此，求其撰题可矣。'至期，文长适到，遂信笔书成，夜梦夫人来谢。"

## 徐学谟

徐学谟（1522—1593），初名学诗，字叔明，号太室山人，嘉定（今属上海）人。嘉靖二十九年（1550）进士。官至礼部尚书，加太子少保。著有《海隅集》。

### 月夜王芜湖酌余蟂矶谒孙夫人祠

淼淼烟涛日向东，中流孤屿隐蛟宫。
涵虚高阁歌偏绕，倚槛清尊兴不空。
山迥似连牛渚胜，江深不数燕矶雄。

月明何处瞻巫峡，仙珮疑乘万里风。

——《徐氏海隅集》卷十五

## 吴国伦

吴国伦（1524—1593），字明卿，号川楼子，又号南岳山人，兴国（今属江西）人。嘉靖二十九年（1550）进士。仕至河南左参政。著有《甀甄洞稿》。

### 过蟂矶

江城芜藻间，沙碛半浮没。

九水落天门，洄流漱石骨。

愁杀峭帆人，恐犯蛟龙窟。

而我但一苇，凌空回飘忽。

——《甀甄洞稿》卷七

## 程嗣功

程嗣功（1525—1588），字汝懋，号午槐，直隶歙县（今属安徽省黄山市）人。明嘉靖二十六年（1547）进士，授武康知县。主修《万历应天府志》，为《四库全书》存目。

### 蟂 矶

放棹来登江上矶，拍天烟浪履危机。

喜看山色涵空际，漫读碑文事已非。

草没吴宫人已远，香消汉鼎鹤知归。

当年玉骨埋何处，此日龙章贲石扉。

——康熙《蟂矶山志》卷下

## 来知德

来知德（1525—1604），字矢鲜，别号瞿塘，明夔州府梁山县（今重庆市梁平区）人。嘉靖三十一年（1552）举人，屡上公车不第，便隐居求志，著述为乐。晚年，朝廷特授翰林院待诏，不赴，敕建"聘君仁里"石坊。著有《周易集注》《来瞿唐先生日录》。

### 蠓矶庙

#### 一

蕊殿龙蛇古，琼宫烟雾浮。

鼎湖今有主，吴蜀者空愁。

旅雁屯沙月，渔丝起夕讵。

芦花多故垒，何处是归刘。

#### 其二

不为寻奇胜，无由棹晚风。

矶沙通燕子，帆影带蚕丛。

旧业怜三鼎，新恩锡九龙。

炉烟江雾接，疑是永安宫。

——《来瞿唐先生日录·游吴稿》

## 王世贞

王世贞（1526—1590）字元美，号凤洲，又号弇州山人，太仓州（今属江苏省苏州市）人。明嘉靖二十六年（1547）进士，累官至南京刑部尚书。明代著名文学家、史学家，著有《弇州山人四部稿》《弇州山人续稿》《艺苑卮言》《弇山堂别集》等。

## 蛟 矶

夫君恩义重如山，闻计捐生葬此间。

节誉不随潮汐去，英灵常逐鼓钟还。

千年庙额褒灵泽，万丈波光照玉颜。

欲吊真魂何处是，芦花月色满江滩。

——康熙《蛟矶山志》卷下

## 李承嗣

李承嗣（1527—?），字若轩，鄞县（今属浙江省宁波市）人，明嘉靖三十八年（1559）进士。

## 蛟 矶

076

长江澄素练，上有灵妃宫。

楼阁宏开画，帆樯故逗风。

龙渊埋玉骨，凤笛引仙踪。

烟浪千层起，蛟矶势亦雄。

——康熙《蛟矶山志》卷上

## 王 侪

王侪，字仲山，明代芜湖人，余不详。

## 蛟 矶

蛟矶突兀大江中，烟浪微茫万里通。

淡扫山峦环碧水，轻浮宫殿接苍穹。

谩言吴蜀当年事，共喜尘埃一望空。

不尽登临今日典，江天回首驾诗蓬。

——康熙《螺矶山志》卷下

## 奚 时

奚时，字宗夏，明代芜湖人。曾任河南邓州州同、襄府审理正。

### 螺 矶

梯云石磴水萦旋，远望青螺上接天。

鳌负孤岑连地耸，渊藏香骨有碑传。

晓烟楼阁虚无里，王气天门指顾间。

泱莽大江流不尽，波心灵泽亦千年。

——康熙《螺矶山志》卷下

## 吴 楫

吴楫，明安徽歙县人，生平不详。

### 螺 矶

大江分楚望，漭漭带洪流。

天际孤帆落，云中一岛浮。

凭虚凌绝峤，寄兴倚层楼。

吴蜀争雄日。于今事已休。

——康熙《螺矶山志》卷上

## 蛟 矶

灵妃玉宇海天涯，秋水明妆映彩霞。

西望蜀江明月夜，寒潮犹自溯平沙。

——康熙《蛟矶山志》卷下

### 易志行

易志行，明人，生平不详。

## 蛟 矶

大江东南来，合沓多奇峰。中流出蛟矶，造化由天工。秀拔莫可状，下瞰神妃宫。未龛映碧瓦，楼阁森重重。血食来远蠹，坐镇波涛洪。乃云吴国姬，千载垂灵聪。芳名焕青史，绰有诸兄风。淑女配君子，豫州诚英雄。一朝攸变化，云雨随蛟龙。三国既鼎峙，吴蜀分西东。剑门越万里，怅望那能从。节义金石坚，毫厘生死中。湘筠寄遗恨，尚睹啼痕封。怀哉慨往事，今古情犹同。我来守南邦，客路嗟转蓬。殷勤祷祠下，遂使舒优容。沅湘不复限，去去伴滨鸿。扬帆今再过，致敬存丹衷。肃蓉椒浆奠，祗谒俯微躬。崇瞻俨在兹，盼响精诚通。祥飙举绛节，香雾霖帘栊。神庥谅昭格，霭惠应无穷。伊予重民社，报本祈年丰。亨衢且平步，乐矣歌时雍。

——康熙《蛟矶山志》卷上

### 黄 金

黄金，江沙人，明嘉靖三十四年（1555）举人。

## 蜈 矶

白云堆里拥青螺，图画天开爽气多。

古庙有灵辉日月，龙章不朽灿星河。

谩嗟往事伤心处，且赋中流击楫歌。

好景于今莫辜负，久阳箫鼓几乘艖。

——康熙《蜈矶山志》卷下

### 张仲华

张仲华，明嘉靖三十四年（1555），同时任和州知州的老师李渭重新诠释纂辑《香泉志》，并将和县香泉、含山陈村汤池、乌江汤泉合而为一，成《三泉志》（三卷本）。

## 蜈 矶

鸠兹称胜地，下瞰鱼龙国。日月几沉沦，烟波深叵测。风云呵护灵，楼阁严装饰。中有夫人祠，上悬高皇敕。百年罔维持，一旦俱偪侧。颓圮不复支，荒湮仍莫识。孤负金焦雄，乃为鲛鲸窟。水部蜀川才，视榷江关息。进揖俨若容，顾瞻心皇恻。芜者更事新，倾焉赖以植。扁颜负丹黝，史笔镌石刻。不惜雕梓工，咸添山神色。壮丽昔匪伦，辉煌今破惑。砥柱挽湍澜，清风励绳墨。梅花拟何逊，玉带自苏轼。负矣阇藜纱，仗彼慈悲力。永永镇山门，悠悠崇令德。山中有余地，容我无家客。

——康熙《蜈矶山志》卷上

### 登蜈矶

天峰何处落，诧说自鸿蒙。

鳌断山浮玉，云开目满空。

晨昏钟磬起，海岳古今同。

灵贶垂千祀，登临欲御风。

——康熙《蛾矶山志》卷上

## 蛾 矶

青山突兀，长江汹涌。千古灵祠，一派银涛如雪拥。追思三国争权，往事真成梦，总不如夫人名行丘山重。　天外飞云，江头红叶，遮不尽灵渊蛾穴。水只东流，日□□落，怎如这波心楼阁。笑杀那当年吴强汉弱。

——康熙《蛾矶山志》卷上

## 孙夫人祠

长江落日气萧森，不尽东流别恨深。吴苑香残金凤杳，汉宫秋断玉鱼沉。思刘志欲归三峡，抱石名高矢一心。幽碛底须青史定，古碑苍藓自湖阴。

——康熙《蛾矶山志》卷下

## 涵碧楼

澄霁横空洞八窗，飞檐削壁枕栾江。

接天水色成虚浸，入夜涛声自激撞。

潭底蛟龙眠石窟，楼头星斗滨银淙。

振衣一啸劳登涉，倒卷冰绡树碧幢。

——康熙《蛾矶山志》卷下

## 陈维恭

陈维恭，明豫章（今属江西省南昌市）人，生平不详。

### 蜎 矶

高天怜玉骨，特地耸鳌簪。
心自归荆蜀，名非吊古今。
云霄多宝气①，风雨一龙吟。
回首诸宫殿，无端尽陆沉。

——康熙《蜎矶山志》卷上

[注] ①作者自注：庙有太祖御题诗、累朝国母赐珠宝玉带。

## 章汝槐

章汝槐，江西临川人，明嘉靖三十五年（1556）进士。

### 蜎 矶

不到蜎矶已十年，矶头风景尚依然。
帆樯上下归横浦，鸥鹭浮沉隔远天。
汉室霸图真浪迹，吴宫婚媾此因缘。
睛窗正与扶桑对，直把丹心向日悬。

——康熙《蜎矶山志》卷下

## 边维垣

边维垣，字师甫，成都府彭县（今四川省县级彭州市）人。明嘉
靖三十五年（1556）进士，次年任芜湖关主事，官至南京工部侍郎。

## 螺 矶

巨石倚穹窿，金焦拟并雄。

青螺浮弱水，绀宇隐龙宫。

往事徒相问，幽人喜独逢。

长风破巨浪，一洗平生胸。

——康熙《螺矶山志》卷上

## 螺 矶

### 一

望望江心石似拳，仙人彩笔大如椽。

湍毫一洒成风雨，惊起龙吟浪拍天。

### 二

草圣张颠原嗜酒，写经内史却笼鹅。

沧江白雨谁同兴，为遣舟人荡桨过。

——康熙《螺矶山志》卷下

### 慨惜先贤遗意赋绝以纪①

高人曾咏浴沂篇，江芷青青思尚牵。

孺子莫教歌别调，烟波千顷使人怜。

——康熙《螺矶山志》卷下

[注]①题目系编者根据原题所改，原题：阳明先生昔偕伍谢二公来游，刻石纪事，其门人何善山辈构亭覆之。惜乎无额，岁久亭亦将圮。予命葺之，遂为扁曰"濯缨"，亦慨惜先贤之遗意也，更赋一绝以纪云。

## 蟂矶

秋鸿声断蜀江长，望帝归来抱恨亡。

水只东流难挽泪，人从何处尚留芳。

佩环不侍吴宫月，粉腻犹疑汉寝妆。

江上青山仍故国，永安无梦几回肠。

——康熙《蟂矶山志》卷下

## 蟂矶神曲

### 迎神曲

涉大江兮沄沄，见帆樯兮如云。

缅神女兮驾驭，望瑶宫兮杳深。

闻环佩兮至止，享千秋兮兰芷。

### 送神曲

奏钧天兮雕阑，集海错兮神欢。

波不动兮月明，山空寂兮鹤鸣。

香篆销兮神返；承休祚兮绵远。

——康熙《太平府志》卷三十八

# 王 儁

王儁，明人，生平不详。

## 和章进士蟂矶韵三首

### 一

闲从登眺喜新年，酒兴诗怀亦浩然。

独愧句中无白雪，共怜心上有青天。

漫传吴蜀遗陈迹，还访渔樵话旧缘。

更欲凌风到牛斗，锦帆先向日边悬。

二

夫人埋玉已多年，气节威灵尚凛然。

一石中支曾柱国，半空不坠永擎天。

固知鹬蚌持深意，徒说孙刘结好缘。

莫共临风重吊古，从前事业俱空悬。

三

神矶飞落是何年，肇自鸿蒙已卓然。

北控秦淮烟接地，南通巴蜀水连天。

偶来三益成新社，一放孤舟了夙缘。

徙倚阑干发长啸，沧波万顷数峰悬。

——康熙《蟂矶山志》卷下

084

## 郑启谟

郑启谟，字曦窗，莆田（今属福建省）举人，明嘉靖三十八年（1559）任芜湖县尹。

### 蟂 矶

骈联冠盖蹑仙台，华拱流云碧玉堆。

上接青霄盈仅尺，中临沧海覆于杯。

吴宫宝剑沉埋久，汉帝銮典正幸回。

唯有江流环石壁，英灵长自播埏垓。

——康熙《蟂矶山志》卷下

## 王以昭

王以昭，芜湖人，明嘉靖四十一年（1562）贡，后任湖广巴陵县训导。

### 蝛矶

落霞孤鹜间云飞，湍急流奔怒此矶。
台榭有名留过客，藓苔无意蚀残碑。
黄图叠叠烟波出，古木阴阴鸟鹊依。
登涉幸随夫子履，风光满载月明归。

——康熙《蝛矶山志》卷下

## 潘之恒

潘之恒（约1536—1621），字景升，号鸾啸生、冰华生，安徽歙县人，侨寓金陵（今江苏南京）。嘉靖间官至中书舍人。两试太学未中，从此研究古文、诗歌，恣情山水，所过必录。与汤显祖、沈璟等剧作家交好，曾从事《盛明杂剧》编校。著有《涉江集》。

### 游蝛矶

何处登临表壮图，隔江矶上见于湖。
鱼鳞屋底窥灵气，燕子楼前识旧都。
平楚苍茫连梦草，夕阳睥睨带烟芜。
曾将上下三山并，鼎列金焦大小孤。

——顺治《太平三书》卷四

## 方于鲁

方于鲁（1541—1608），本名大潒，以字行，后改字建元，歙县（今属安徽省黄山市）人。以"美荫堂"为别号，明末徽州府四大制墨名家之一。著有《方建元集》。

### 载酒赭山寺得诗四首①（录一）

丹梯遥接石门长，突兀孤亭出上方。

烟树隔江浮岛屿，河流绕郭集舟樯。

宾筵藉草飞空翠，僧舍栖云蔽莽苍。

谷口新晴钟鼓动，春衣初试远游裳。

——《方建元集》卷四

[注] ①题目系编者所改，原题：二月四日王仲修偕弟君公余侄诸从子载酒赭山寺得诗四首。

### 赵玄成载酒泛江登螺蚔①

十里晴云挂席高，试操莲叶命新醪。

江撑片石栖灵鹜，山控双流戴巨鳌。

钟鼓凌空摇殿阁，帆樯返照乱波涛。

飘飘水上来神女，解珮还如在汉皋。

——《方建元集》卷四

[注] ①作者题注：时三月二十日。

## 梅鼎祚

梅鼎祚（1549—1615），字禹金，号胜乐道人，安徽宣城人。嘉靖四十三年（1564）补廪生。万历时，大学士申时行欲荐于朝，力辞不赴，归隐书带园，著有《梅禹金集》。

## 登蟂矶

### 一

江门一柱倚中天，溅沫飞流百丈悬。
知有龙宫秋不闭，时时雷雨起尊前。

### 二

估客帆樯万里来，江寒秋老夕阳开。
一谭吴蜀头堪白，风送潮声独上台。

——《鹿裘石室集》卷二十二

## 郑自怡

郑自怡，约生活于明嘉靖四十一年（1562）前后，莆田人，地方称谓孝子，余不详。

三派魏吴慈圣，扶帝王之正统；
冲流砥节英灵，振臣妇之颓纲。

——康熙《蟂矶山志》卷下

## 丁懋儒

丁懋儒，字聘卿，号观峰、三观主人，山东聊城人，明嘉靖四十四年（1565）进士，历观山知县、永州府知府、直隶太平府知府、侍读经筵官、兵科右给事中等。著有《巽曲山房稿》。

## 蟂矶

蟂矶浮出芜江上，两岸参差障翠微。
淑质尚灵存庙祀，宦游此际得瞻依。
乾坤万里凭栏阔，砥柱中流入望巍。
使欲凌虚寻旧侣，天门咫尺对晴晖。

——康熙《蟂矶山志》卷下

## 王建勋

王建勋，广西桂林举人，明隆庆二年（1568）任芜湖县尹。

## 灵泽宫

飒飒凉风掩碧幢，千秋遗庙枕名邦。
天浮牛渚轮如日，地圻鸠兹练带江。
刀剑怒涛驱积石，佩环幽籁入虚窗。
去来白帝城头路，时见云中凤一双。

——康熙《太平府志》卷三十九

## 水心亭

螺亭新筑大江濆，倚栏浑疑□世氛。
一水无边浮漾日，千峰不断吐晴云。
石幢贯代那能读，举火中流未可焚。
我欲开尊酬盛赏，风流却忆孟参军。

——康熙《蟂矶山志》卷下

## 涵虚楼

中流柱石势崔嵬，石上陵虚画阁开。

天与当窗悬日月，人从绝壑听风雷。

白波九道西江下，紫气千秋北极来。

谁向国门称保障，凭高一望思悠哉。

——康熙《蝦矶山志》卷下

## 水晶宫

谁构瑶宫不日成，纤尘不挂八窗明。

晴岚澹澹浮空翠，远水茫茫混太清。

龙伯偶听翻贝过，鲛人频作弄珠行。

我来聊洗风尘色，错拟能吹子晋笙。

——康熙《蝦矶山志》卷下

# 穆 炜

穆炜，字一齐，江右新建（今属江西南昌市）人，明隆庆二年（1568）进士，六年工部主政芜关监督。

## 蝦 矶

蝦矶雄峙大江涯，吴楚山川此最奇。

烟浪任时生变幻，乾坤岘尔见撑持。

千寻砥柱龙蛇伏，百尺楼台凤羽仪。

东看海氛朝静尽，紫云红日漾波璃。

——康熙《蝦矶山志》卷下

## 闵道扬

闵道扬（生活于1568年前后），字汝孝，号守泉山人，新安（今安徽歙县一带）人，明医家，著有《医学集要》《全婴要览》等。

### 蝶矶三首

#### 一

一峰奇石柱中流，上有灵妃百尺楼。

帘卷青山吴树晓，云凝碧殿汉宫秋。

贞心岂逐寒潮转，芳誉长同白日留。

病起登临重吊古，乾坤不尽思悠悠。

#### 二

孤岛楼台逼太清，偶因伏猎恣闲行。

断虹收雨暮山出，白鹭弄波斜日明。

迹习渔樵成久业，身依木石见幽情。

即今满眼犹兵火，且向矶头学钓鲸。

#### 三

江上好山看不厌，青青终日送归航。

倚天高阁留人醉，夹岸春花笑客忙。

樗散一身时落落，飘零千里鬓苍苍。

乾坤到处难安迹，趄向矶头学楚狂。

——康熙《蝶矶山志》卷下

### 登览纪咏八首

予因登览，适有山主王诚延留之久，四顾风景遂目为入，咏以纪其岁月云。

## 今古楼台

寥旸宝殿郁嵯峨，胜概清幽岁月多。

水近先迎明月入，簷高不碍白云过。

波心豚吹风生浪，矶下蛟潜水作窝。

四顾江山真绝胜，挥毫抚景恣吟哦。

## 晨昏钟鼓

旦夕蒲牢一吼鸣，革音相应不停声。

敲残夜月更初尽，击落寒霜曙欲明。

隔水人家开竹户，近村田舍闭柴扃。

几回闻罢增深省，稽首焚香礼圣灵。

## 芜湖烟市

一眺芜湖境界幽，繁华风景豁吟眸。

满城罗绮家家市，匝地笙歌处处楼。

海错山珠良贾货，牙樯锦缆富商舟。

来今往古图兴胜，占断江东第一洲。

## 淮甸膏腴

仙境之西近大田，锦鸠声里雨如烟。

适逢万作农兴日，又是三秋稻熟天。

利泽膏腴应沛若，短蓑轻耒竞纷然。

遥观一带丘园上，桑柘阴浓上下连。

## 波澄夜月

长江一带碧涵空，月色沉沉夜正中。

影浸冰壶天地老，光摇银汉古今同。

阴精冷透鲛人室，素魄空浮贝母宫。

昼夕凭栏绝胜处，却疑水与广寒通。

## 滩映夕阳

逝水东流自古今，苍茫夕照半西沉。

一湾纹绉高低锦，万顷光摇荡漾金。

汀树横斜犹弄影，渔歌欸乃未停音。

归人忙荡中流楫，正切思乡万里心。

### 客舟上下

登览蛟矶景最幽，凭阑徒自瞰清流。

悠扬上下济川客，来往东西泛海舟。

风月迥明吟里趣，烟云浓淡望中收。

几回抚景尘嚣绝，坐石观澜狎水鸥。

### 渔艇纵横

长江万顷水茫然，渔父中流挽钓船。

络绎经纶张复弛，网罗水族后犹前。

高歌欸乃汀洲畔，沉醉忘机鸥鸟边。

赢得一生无宠辱，烟波相伴不知年。

——康熙《蛟矶山志》卷下

## 郑 佥

郑佥，明代罗山（今属河南省罗山县）人，余不详。

### 蛟 矶

望望山螺一水边，兴来重过水云连。

六朝暝色遥吞树，万折波光迥接天。

日射金虬萦书阁，风留仙佩隐云巅。

感时吊古真佳会，不惜斜阳倒玉舡。

——康熙《蛟矶山志》卷下

## 郑嫳

郑嫳，明人，生平不详。

### 蝀矶

断虹飞影楚江长，一柱嵯峨路渺茫。

潮拥晚山迷岛屿，月明清磬送沧浪。

夫人幽迹随流水，玉佩余声剩画廊。

回首春风理轻棹，碧云香雾树苍苍。

——康熙《蝀矶山志》卷下

## 方 扬

方扬，字思善，号初庵，安徽歙县人。明隆庆五年（1571）进士，官至杭州知府。著有《方初庵先生集》。

### 登蝀矶

矶故蜀后迫吴自沉处。用王文成韵二首

一

翻波激石楚江雄，残碣留题故汉宫。

千载自沉遗骨远，三分谁惜霸图穷。

依依古木藏秋色，片片征帆落晚风。

俯首不须追往事，渔歌断续几声中。

二

东吴野色照江心，绿树连云古殿深。

悼汉遗文留自昔，为刘瞻拜到于今。

矶头不改旧时月，蜀地谁怀故国音。

往迹尽从流水去，凄凉一望独沉吟。

——《方初庵先生集》卷四

## 王来贤

王来贤，字用吾，云南籍合肥人，隆庆五年（1571）进士，万历元年（1573）任工部主政芜关监督。

### 次韵蟂矶

地主相邀过石阁，清分水国暑应微。

长江浴日鸥双出，孤屿冲湖鹤自依。

漫说心随廊庙远，却疑身与斗山巍。

停杯剩有沧洲意，坐听渔歌送夕晖。

——康熙《蟂矶山志》卷下

## 彭 榘

彭榘，字玉润，号海鹤，全椒（今属安徽省滁州市）人。明万历元年（1573）贡，宣城训导。著有《说剑余草》《无毡堂集》等。

### 蟂 矶

单车直欲奔荆州，突昌风波恨未收。

赴命皇皇真失国，燕居凛凛若横秋。

凤翘应锁神蟂宅，龙衮长辉涵碧楼。

灵泽千年欣有赖，澄江如洗镜中浮。

——康熙《蟂矶山志》卷下

## 王尚宾

王尚宾，南昌（今江西省南昌市）人，明万历四年（1576）举人，任工部主政，知保宁府（位于今四川省阆中市）。

### 题灵泽夫人祠

节义凛冰霜，耿耿不随吴水去；
英灵淼宇宙，依依常傍蜀云飞。

——康熙《蜋矶山志》卷下

## 王　莱

王莱，明代工部主政，余不详。

### 题灵泽夫人祠①

江吞吴楚三千里；
山压蓬瀛第一宫。

——康熙《蜋矶山志》卷下

[注] ①《元诗别裁集（补遗）》录有元代冯子振《登金山》诗，冯诗云："双塔嵯峨耸碧空，烂银堆里紫金峰。江流吴楚三千里，山压蓬莱第一宫。云外楼台迷鸟雀，水边钟鼓振蛟龙。问僧何处风涛险，郭璞坟前浪打风。"

## 李化龙

李化龙（1554—1611），字补斋，又字于田，北直长垣（今河南长垣市）人。明万历二年（1574）进士，九年，芜关水部主事，官至工部右侍郎，累加柱国少傅。著有《平播全书》等。

## 蟂矶春望

独上春山纵目初，长林掩映见平芜。

风前过雁来三楚，天际归帆下五湖。

故国千年王气尽，浮云万里客心孤。

凭轩欲赋还惆怅，羞向登高论大夫。

——《李于田诗集·南都稿》上

## 孙夫人祠

孤峰独际海天东，上有前朝妃子宫。

人去明珠辞汉浦，鹤归华表怨江枫。

三分割据青山在，异代蒸尝白帝同。

却笑姑苏台上月，当年歌舞只秋风。

——《李于田诗集·南都稿》上

# 邓良佐

邓良佐，字德成，从化人。明神宗万历七年（1579）举人，官知州。

## 蟂矶孙夫人庙用解学士韵

芙蓉天削海中开，野寺萧寥傍古台。

鼎足已知分并峙，玉环何事独归来。

雨余基畔苔空积，水绕矶头咽复回。

谁道辞刘心最苦，千秋留作不然灰。

——嘉庆《无为州志》卷三十

## 沈儆焞

沈儆焞，字寄斋，归安（今属浙江省湖州市）人，明万历八年（1580）进士，十三年，官工部主政芜关监督。

### 登蟂矶二首

**一**

浩浩洪涛接远空，中流一柱插天雄。

派分淮海寻源远，势压金焦结胜同。

两岸人声浮霭外，半江帆影夕阳中。

携樽未尽登临兴，回首孤踪又转蓬。

**二**

缥缈江心拥翠岑，夫人孙氏此埋沉。

鹡鸰谁抱吞吴恨，杜宇常悬向蜀心。

自昔锦江人已去，于今青冢怨犹深。

兴亡漫说当年事，把酒临风一朗吟。

——康熙《蟂矶山志》卷下

## 张汝蕴

张汝蕴，字子发，号逢源，章邱（今属山东）人。明万历八年（1580）进士，授工部主政，十六年，兼任芜湖榷使。

### 蟂 矶

**一**

胜地孤岑秀，诸天阁道开。

白云迷古树，玄崔舞空台。

当槛涛声入，隔林帆影来。

振衣聊眺望，人在小蓬莱。

二

蟂矶一片石，灵泽万年宫。

天半飞晴阁，云间落晓钟。

江山聊奇迹，吴蜀已成空。

不尽登临兴，冷然似御风。

——康熙《蟂矶山志》卷上

## 顾汝学

顾汝学，字思益，号悦庵。钱塘（即杭州）人。万历十一年（1583）进士，授通判，历任太平知府、四川按察副使、云南按察使。著有《悦庵集》《双清堂集》。

### 蟂矶

一

吴蜀当年事已非，灵祠千古峙蟂矶。

英风不让诸兄后，大节能从先帝归。

露冷尚依环佩湿，月明应托杜鹃飞。

思褒圣代江山丽，来往人皆仰德辉。

二

江亭面面是奇观，有客携樽兴未阑。

万点苍山云外见，千层巨浪雪中看。

怀情不假燃犀术，心赏宁虚鼓瑟欢。

落日满帆仍问渡，松风冉冉出斋坛。

——康熙《蟂矶山志》卷下

## 赵世显

赵世显，字仁甫，福州府侯官（今属福建省福州市）人。明万历十一年（1583）进士，初任池州司吏。著有《芝园稿》《一得斋琐言》。

### 蝀 矶

于湖日落海潮生，一叶扁舟傍晚行。

隔浦云从矶上起，中流山似镜中明。

强吴霸业知何处，烈女芳祠永擅名。

更说英灵祛水怪，满江风雨绝蝀声。

——康熙《蝀矶山志》卷下

## 陈道川

陈道川，高安（今江西省宜春市）人，明万历十一年（1583）任芜湖县尹。

### 题灵泽夫人祠

独坐巍然，万古纲常贞烈德；

高风远矣，百年节义至诚心。

——康熙《蝀矶山志》卷下

## 刘日宁

刘日宁（1556—1612），字幼安，号云峤。江西南昌人。万历十七年（1589）进士，改庶吉士，授编修，历右谕德，掌南京翰林院，后召为礼部右侍郎，改吏部。

## 灵泽夫人祠

庙貌风波地，蛟龙护水纹。

江通巫峡道，山接石头云。

剑佩思神武，牺牲动听闻。

旧斑南岸竹，非止为湘君。

——康熙《太平府志》卷三十九

## 张天德

张天德，字新吾，乌程（今属浙江省湖州市），明万历十三年（1585）以进士为芜湖县尹，廉能并著，擢监察御史，后迁徽太道。

## 题灵泽夫人祠

千年幽忍凭流水，腻脂散作霞千顷；

万古孤贞托片山，宝镜空余月一江。

——康熙《蝼矶山志》卷下

## 赵廷炯

赵廷炯，字莨臣，上海举人，明万历十九年（1591）工部主政，芜湖关监督。

## 祭蝼矶神文

### 迎 神

蝼矶突兀兮砥柱中流。灵祠据胜兮绀宇琼楼。皇明有道兮百神怀柔。夫人显异兮默助戈矛。重褒叠宠兮衮服苍璆。旱祷雨兮需甘澍，风掀浪兮辑颠舟。仰威灵兮烜赫，洁微悃兮醪羞。冀明神兮降鉴，驾云骈兮少留。

### 送　神

吉日兮既差，明禋兮孔修。灵返斾兮蓬岛，神容兴兮遨游。上溯巫峡兮下达神州，吴为同气兮蜀为好逑。霸图王业兮俱已浮沤，皇兴一统兮孰孙孰刘。长江浩浩兮庙貌清幽，高峰峨峨兮俎豆千秋。

——康熙《太平府志》卷三十七

## 灵泽夫人祠

夫人风节冠闺阁，侍卫森严拥翟衣。
谁把干戈分凤侣，却令环佩驻螺矶。
沉沉宇下青松色，皓皓滩头白鹭辉。
莫道江东多将相，芳祠不改霸图非。

——康熙《螺矶山志》卷下

## 汤宾尹

汤宾尹，字嘉宾，号睡庵，别号霍林，安徽宣州人。万历二十三年（1595）榜眼及第，授翰林院编修，内外制书诏令多出其手。

## 螺　矶

一

系艇垂杨处，江心表旧基。
百年经变化，片石失孤危。
山水难为主，乾坤几自持。
金焦与瞿滟，突兀起男儿。

101

芜湖蛟矶庙历代题咏

## 二

久说蟂矶胜，乘闲一赴之。

涉江成露宿，薄暮受风欺。

夜卧半帆月，起瞻隔岸祠。

毋言兴废命，登眺亦维时。

## 三

疑是永安宫，音仪仿佛中。

佩刀惊衽席，抱石泣英雄。

壁藓柔蒸泽，鱼腥紧呷风。

凭谁操铁板，高唱大江东。

——顺治《太平三书》卷四

### 陈大绶

陈大绶，江西浮梁（今属景德镇市）人，明万历二十三年（1595）进士，官至福建布政使参议。

### 蟂 矶

政忆蟂矶胜，追随李郭舟。望述青岳外，行尽碧江流。日近瞻沧海，帆飞入斗牛。龙宫闭珍瑞，灵泽自春秋。吟览迟归棹，斜阳不我留。

——康熙《蟂矶山志》卷上

### 刘师朱

刘师朱（1596年前后在世），字仲文，号嵩潭，大名（今属河北省邯郸市）人。明万历中，由贡生官至庐州府同知。著有《江皋吟》。

### 蟂矶二首

一

旧说蟂矶涌急湍，何年移上蓼花滩。

吴宫汉苑余秋草，灵泽依然耸大观。

二

庙貌千秋拥石矶，琼楼时带浪花飞。

孤魂不逐东流去，一缕清烟袅翠微。

——康熙《蟂矶山志》卷下

### 咏蟂矶

渺渺江天入望通，台高百尺插琼宫。

萧疏水树双旌外，掩映晴空一镜中。

屐齿不辞穷鸟道，涛声未许撼龙宫。

临风欲挟飞仙去，浪说蓬莱在海东。

——康熙《蟂矶山志》卷下

## 黄克晦

黄克晦（1596年前后在世），字孔昭，号吾野，福建惠安（一作晋江）人。世称"三绝"，《御定佩文斋书画谱》列之画家传中，著有《金陵游稿》《匡庐集》《北游草》《宛城集》。

### 江行十首自芜湖至湖口（录一）

斗风舟莫上，江路复西斜。

蛟窟崩沙岸，鸥洲拥水槎。

嘘声俱作籁，蒸气半成霞。

旧宿孤山曲，黄昏似到家。

——《黄吾野先生诗集》卷三

## 冒愈昌

冒愈昌，字遗民，安徽歙县人，约明万历中前后在世。

### 蟂矶吊孙夫人

云连蜀道永相望，庙枕蟂矶水一方。

湘竹斑成曾帝女，碧桃春老自刘郎。

虚传孺子能分鼎，不及夫人有瓣香。

剑戟只今何处问，万山松桧领秋霜。

——顺治《太平三书》卷四

104

## 俞安期

俞安期（1597年前后在世），初名策，字羡长、公临，江苏吴江人。博学诗书，才气蜂涌，曾以长律150韵投王世贞，世贞为之延誉，名由是起。以布衣终。著有《翏翏阁全集》。

### 望蟂矶忆往年与张羽王同登怅然有怀

往时张别驾，执手望蟂矶。

湍水无风急，惊雷不雨飞。

畏寒频藉酒，当暑欲添衣。

今日遥相望，秋云只自归。

——《翏翏阁全集》卷二十四

## 范允临

范允临（1558—1641），字长倩，号长白，南直隶苏州府吴县（今属江苏苏州市）人。明万历二十三年（1595）进士，二十八年，调任芜关水部，官至福建布政司参议。工书画，时与董其昌齐名。著有《轮廖馆集》等。

### 谒灵泽夫人庙十首

一

烟莽沈沈碧玉湮，千年冷月泣孤燐。

萋迷香魄归何处，惟见江花空映人。

二

蜃阁蛟宫枕激湍，湘帘暮卷浪花寒。

秋风一夜巴陵雨，肠断歌声咽木兰。

三

永安宫外月如梭，哀草寒丘吊蟪蛄。

双翼不如华表鹤，春风杜宇泪痕多。

四

铜雀春深歌舞销，西陵松槚自萧萧。

芳魂不逐连云栈，愁对空台緫帐飘。

五

翠玉珊珊点泪痕，九嶷愁黛隔湘沅。

苍梧帝子年年恨，不共侬家泣夜魂。

六

英雄割据总刀锥，怨耦师昏误结褵。

不信周郎无六出，却将香黛借蛾眉。

## 七

燕阁英姿本一枝，催笺何忍说摩笄。

钿钗零落沉烟水，不及曹瞒赎蔡姬。

## 八

桂坠冰轮汉殿幽，潾潾宫水咽还流。

一从片石栖神后，绣帐香销红璧秋。

## 九

蠹粉椒涂生网丝，湿萤凉露冷空祠。

鸳纹翠簟流尘暗，犹记深宫望履綦。

## 十

半岭愁云结不开，矶头潮打夜声哀。

应知一掬吴江泪，流入瞿塘滟滪堆。

——康熙《蟂矶山志》卷下

106

## 徐　媛

徐媛（1560—1619），女，字小淑，长洲（今江苏苏州）人，进士范允临妻。工书画，好吟咏，与寒山陆卿子并称"吴门二大家"。著有《络纬吟》。

### 吊蜀孙夫人

有序：予旅卧芜阴，萧萧长日，酸风射眸，一片波光与枕函，相庋牢落羁心，终成懒癖。病起偶得《蟂矶志》，读之见备载蜀先主孙夫人之始末其中，诸名家所作烂然，盖悼夫人之失计归吴，自沉渊死。集中灼灼有题不容复赘，予独陋夫人之死，诚识短于初，后愧反何益，亦有所感。夫人之灵凄楚折衷，草成俚语吊之。

蜀王夫人东吴客，灵祠控天椒壁赤。裁云割雨劈鲸鲲，剪浪截风送行役。香缨生绡帝室耦，殡后龙渊寄贞魄。神襟雄擅诸兄风，何期恦堕周郎策。凭陵三国势纵横，吴蜀交婚岂良适。忍教双臂红丝牵，弃作竿头钩绠掷。青铜立影照孤鸾，离梦杳成云泥隔。花馆空怀孙武谋，侍儿徒拥刀环吓。古来尤物自笺身，兰荄香摧象齿炙。结恨鼙含陇阪烟，啼声竞与江声渧。惆怅灰飘带上花，后窗鬼丸封泥射。千年老狐啸空巢，百足蛇孙锼断壁。蛾鸥窥筵窃余供，山魅漆灯起土隙。疆枭啄食狞牙张，羁魂泣影青珠滴。吴宫不借凤枝栖，恰来卧听沙鸡喈。一滩孤月伴幽宵，满棹悲歌吊愁膈。滩月依人西北流，关河无计连郊陌。君王古冢云根穿，夫人渡口波痕白。为尔伤心重一陈，吴陵秋雨萧萧碧。

——《络纬吟》卷三

## 重吊孙夫人六首

### 一

杜宇啼声断客肠，永安回首路茫茫。

锦城丝管浑如梦，惟见春风扫绿杨。

### 二

锦帐三千护主家，王孙鹤驾暮云遮。

几番梦落楼心月，帘外香浮王洞霞。

### 三

三国衣冠纸蝶飞，蛟宫花草自芳菲。

当年激管繁弦地，惟见黄垆白骨图。

### 四

将军无策定雄图，巾帼周郎岂丈夫。

降城不假天山箭，粉黛翻为金仆姑。

### 五

列树森森映蜃楼，珠帘暮卷海风秋。

澜迴碧漪千山合，坐拥刀环紫殿幽。

### 六

万古伤心锁碧湍，空余衰草泣孤滩。

相望蜀国深宫月，白帝城高起暮烟。

——《络纬吟》卷八

## 闵梦得

闵梦得（1565—1628），字翁次，号昭余。乌程（今属浙江省湖州市）人。明万历二十六年（1598）进士，授工部主事，芜关榷使，历云贵总督、兵部右侍等，官至兵部尚书。

### 登蟂矶次韵二首

#### 一

江头片石势称雄，灵泽千年有故宫。

吴苑繁华悲计拙，蜀云漂渺泣途穷。

淋漓玉骨青山雨，断续香魂白浪风。

往事无劳重问讯，浩怀聊付酒杯中。

#### 二

牢落悠悠阅世心，滦江春水几清深。

英雄割据何恩怨，节义流芳自古今。

珍重虹矶无失脚，凄凉凤管有遗音。

狂澜面面堪搔首，独立斜阳一怆吟。

——康熙《蟂矶山志》卷下

### 题灵泽夫人祠

寂寂吴江，当年碧玉沉烟莽；

迢迢汉水，何处苍梧吊紫薇。

——康熙《蜈矶山志》卷下

## 顾起元

顾起元（1565—1628），字太初，江宁（今江苏南京）人，明万历二十六年（1598）进士，官至吏部侍郎兼翰林院侍读学士。著有《说略》《客座赘语》等。

### 蜈　矶

天苍云碧水模糊，一点青螺拥髻孤。

仙驾欲寻巫峡去，不知云雨梦来无。

——康熙《太平府志》卷三十八

## 程嘉燧

程嘉燧（1565—1644），字孟阳，号松圆，徽州府休宁县（今属安徽省黄山市）人，寓居嘉定（今属上海），晚年皈依佛教，释名海能。新安画派先驱，诗坛"一代宗主"，著有《松圆浪淘集》。

### 清明舟中（五首之五）

蜈矶亭亭落日孤，春原尽处是芜湖。

青烟白道人归去，纸钱挂树啼鸢乌。

——《松圆浪淘集》卷十三

## 陈名彰

陈名彰（1571—1646），字子美，闽县（今属福建省福州市）人，明万历二十五年（1597）任芜湖县尹。

### 题灵泽夫人祠

庙貌巍巍，壮河山之锦绣；

神通浩浩，扶社稷之丰登。

——康熙《蝦矶山志》卷下

## 曹学佺

曹学佺（1574—1647），字能始，号石仓，侯官（今属福建）人。明万历二十三年（1595）进士，授户部主事，累迁至广西右参议。天启间，梃击狱兴，被削职为民。崇祯初，起广西副使，力辞不就。南明隆武帝立，乃破家起义，官至礼部尚书，事败殉节。著有《金陵集》《野史纪略》《石仓集》等。

### 登芜湖县山

昼涉江中路，宵登湖上丘。

市喧孤磬断，风色片帆收。

牛渚青山老，蝦矶翠黛愁。

客程能不远，一望白门秋。

——《太平三书》卷四

## 劳永嘉

劳永嘉（1574—1637），字无施，号金粟，嘉兴府崇德县（今浙江省桐乡市）人。明万历二十九年（1601）进士，知芜湖，官至布政使。

### 秋日游蟂矶

#### 一

空蒙寒色大江分，仙掌峨峨立紫雯。
蘋外风清螺黛出，天边云湿鹭鸥群。
帆连吴楚千峰合，地接秦淮六代闻。
欲傍灵妃来抱瑟，蛟官秋水浮沄沄。

#### 二

仙人玉枕莽苍苍，烟树霏微夕照傍。
古洞蛟空迷大泽，长天霞落见桄榔。
看鱼不涉临流兴，斫帻何防酒态狂。
我欲移舟向姑孰，芙蓉江上吐秋香。

——康熙《蟂矶山志》卷下

## 沈如璋

沈如璋，字稚圭，崇德（今属浙江嘉兴桐乡市）人，明万历中太学生。

### 蟂矶吊古十绝并序

鸠兹之西，溧江之浒，石矶郁崒，欲吐涛濑，其上则汉昭烈孙夫人祠在焉。井穴巨测，神蟂所官殆，亦灵变之翕，忽肸蛮之奇绝者欤。传夫人委叶玉体，蹑迹冯夷，信邪妄邪，怨耶否耶。夫既为蜀帝妃，可不复为吴主妹，乃谓其返吴归省，则夫人昧有行之箴沮蜀，劝驾则武侯坐不情之罪。笃欢鱼水，绝爱伉俪，则先主召白头之怨。所以，千秋之心不白过而拜之者，怆然兴悲也，效曤十绝，则踵陶使君为之。匪云：吊古聊以写怀。

一

浩淼春波漂绿芜，愁云怨月满东吴。
蘘砧为帝身为后，莫问沉江事有无。

二

一矶突兀撼江空，敌国孙刘在眼中。
不惜珠沉鼍窟里，断魂飞入永安宫。

三

锦江春水合滦江，日夜涛声怒未降。
凤去屏空迷处所，一时环佩付寒淙。

四

金铺桩阁俨生存，耿耿犹怀汉主恩。
无奈危矶烟水上，三更杜宇暗啼魂。

五

锦囊计就破良城，吴蜀兵戈上翠輦。
难道贤妃逊齐女，为郎不杀采桑人。

六

当时拥卫剑如林，较比孙郎夫气深。
可怜千古波间月，独照青天碧海心。

七

江东算左弃吴侬，岂认深闺可豢龙。
玉垒浮云隔天堑，遥将眉黛写芙蓉。

八

剑阁芜关各一天，鲛宫灵闭自年年。

只今士女如云集，枉杀西陵多墓田。

九

巫岫休将十二夸，居然帝后隔三巴。

临江血溅东流水，自古英雄不顾家。

十

春花春树压江湄，肠断宫人斜里时。

若非秦女磨笄冢，定是湘灵鼓瑟祠。

——康熙《螺矶山志》卷下

## 骆骎曾

　　骆骎曾，字象先，号沆瀣，武康（今属浙江德清市）人。明万历二十六年（1598）进士，授瓯宁知县，官至监察御史。曾为芜湖大荆山大书"寒壁"二字以刻岩，为芜湖古八景之一。

### 游螺矶

江头憔悴损红颜，一片冰心誓不还。

总为浮云迷蜀道，岂缘行雨恋巫山。

当年花草吴宫尽，此日烟波钓艇闲。

赢得香魂无恙在，月中环佩自珊珊。

——康熙《螺矶山志》卷下

## 孟　楠

　　孟楠，字伯茂，字蘦林，北直濬县（今河南省鹤壁市浚县）人。

万历二十六年（1598）进士，任青州知州，三十三年，芜关水部主事，后升至山西布政使。

## 蟂 矶

春色临江好，山光入望鲜。

天连一片石，树琐万重烟。

隔岸开国画，飞空发管弦。

不禁闻杜宇，航挂夕阳还。

——康熙《蟂矶山志》卷上

### 览眺蟂矶勉赋二律

夫人姓孙，仲谋女弟，昭烈嫡配也。归吴绻蜀，节殒滦江，若矶其埋玉。予暇一览眺，见山锁断云，江衔残日。写夫人孤标节操惨骨酸心，对景低回勉赋二律，讵能阐幽，姑感慨云尔。

一

芙蓉天插挂晴晖，灵閟千年拥帝妃。

楼阁凌虚成蜃气，烟岚入望在屏闱。

潮回常带瞿塘水，月断空迷滟滪矶。

徙倚危栏倍惆怅，芦花击露冷侵衣。

二

万项烟波一屿浮，贞心化石砥中流。

涛声如诉惊回首，山色难描独抱愁。

鸟鹊不栖吴苑树，黄花仍吐汉宫秋。

江东霸业今何处，左计徒教笑仲谋。

——康熙《蟂矶山志》卷下

## 王尧封

王尧封，南直金坛（今属江苏常州市）人，明万历二十七年（1599）由进士任沧州知府。历延陵（今常州、江阴等吴地沿江一带地区）副史等。著有《学惠斋集》。

### 蟂矶十首

#### 一

蜀帝丝罗总美姿，曾将琢玉弄缔帷。

奈缘割据捐红粉，并悔从头带剑痴。

#### 二

刘焉昔日妄经营，诸葛匡君亦倒行。

慢讶周郎差撮合，太阴本只照辰瀛。

#### 三

西陵歌舞未登台，半入东宫侣夜来。

争似芜江沉侠骨，晶光月月映珠胎。

#### 四

吴邦尺地属私溪，何怪荆州不借栖。

龙种免遭铜斗计，怀沙犹幸胜磨笄。

#### 五

东风烈炬北船烧，江左深闺保二乔。

底事君侯亲蒂叶，却令冰室泚鲛绡。

#### 六

当年大耳结绸缪，恰似吹箫上凤楼。

弄玉不随萧史去，只凭江水愿西流。

## 七

虞舜苍梧厌狩巡，英皇犹自殉江滨。

永安宫外涛声咽，那惜羁离怨耦身。

## 八

帝胄鸾胶是好缘，奚如蔡女堕腥膻。

从教肯效曹瞒赎，宁沂瞿塘滴杜鹃。

## 九

鱼复滩头八阵堆，吞吴遗恨响惊雷。

更添思妇靡芜怨，白帝周遭浪几回。

## 十

巍峨庙貌峙鸠兹，蜀国蚕神合并祠。

后主追崇胡扉典，只应节义少人知。

——康熙《蟂矶山志》卷下

116

## 章廷佐

章廷佐，明代会稽（今浙江绍兴）人，生平不详。

### 蟂　矶

龙战于野失其雄，龙妃抱痛投蛟宫。

翻身吁天天不悫，滴泪向江江莫穷。

凛凛独持千古节，桓桓俨有诸兄风。

即看吴蜀分争地，今属皇图一统中。

——康熙《蟂矶山志》卷下

## 崔 湦

崔湦，字震水，号鹤汀，安徽芜湖人，万历二十九年（1601）进士，授行人司，升铨部郎中，著有《知幻草》《衢问》《南岳》等。

### 蛟 矶

山有虎豹穴，水有蛟螭窟。造物虮虱之，譬则尘与屑。咄哉一片石，称引非一舌。千岁既已殂，庙貌芬犹烈。刻削绽幽灵，人鬼凭谁决。水犀难自照，支祈不可挈。寄言姑妄者，春树啼红血。

——康熙《太平府志》卷三十八

## 邱士毅[①]

邱士毅，字远程，丰城（今属江西宜春市）人，明万历三十二年（1604）进士，授翰林院检讨，后历礼部侍郎、《神宗实录》总裁官、礼部侍郎署尚书。著有《吾美楼集》。

### 蛟 矶

一

大帝当年用智深，仇雠婚媾转相寻。

一身吴蜀都无着，泪洒江流忍玉沉。

二

侠气英风绝女伦，芳祠千古大江滨。

香魂隐映波心月，曹魏羞传赋洛神。

三

蛟矶往复几经年，此日登临意洒然。

往事兴亡凭逝水，清标凉月醉江天。

## 四

摩天嶙峋傍翠微，高皇宸翰彩霞飞。

英灵濯濯江同永，屹镇东南护帝畿。

——康熙《蟂矶山志》卷下

[注] ①《蟂矶山志》误作丘士毅。

### 题灵泽夫人祠

江涌涛声，似当年侍卫刀戈锋凛凛；

天澄月色，疑此夕归来环佩韵珊珊。

——康熙《蟂矶山志》卷下

## 葛师孔

葛师孔，明代人，生平不详。

### 蟂　矶

灵泽矶边薜荔长，岿然古庙历隋唐。

贞魂频绕吴宫梦，杂佩惟余汉殿香。

台榭影笼秋夜月，汀洲声彻水云乡。

凭高吊古千林晚，谩道芳樽对夕阳。

——康熙《太平府志》卷三十九

## 陶朗先

陶朗先（1579—1625），字元晖，浙江秀水人。明万历三十五年（1607）进士，授南京都水司主事。万历三十七年（1609）任芜湖县主事，关监督。历登州知府、登莱巡抚，至按察副使。

## 游螺矶

### 一

烟草依依雨欲浸，千年幽恨结春阴。

江流来往无凭据，玉骨何时返陆沉

### 二

鸟语庭前花满枝，分明台馆画眉时。

花红不是桃源淡，何辜刘郎此别离。

### 三

处处攀条赠远征，栖鸦风景石头城。

芳魂岂谓迷乡国，蜀道从来不可行。

### 四

平芜本自宿鸳鸯，斜日长疑是战场。

风咽落潮还倚望，敢如帝子在潇湘。

### 五

江天月暗水淙淙，古殿何人掩玉窗。

拥剑侍儿浑不似，萧条渔火是银釭。

### 六

江北江南尽墓田，遍教埋骨向重泉。

莫惟底事无消息，望帝犹能泣杜鹃。

### 七

莫譬当年铜雀姝，凄凉一样怨愁输。

西施报主能归越，妾岂安刘独在吴。

### 八

万叠山城拥碧涛，平临巴蜀亦嶕峣。

慢将芳质为香饵，未似孙郎惜大乔。

### 九

当时谋国太匆匆，孝直何须复论功。

若使炎刘应未烬，亭侯还自报曹公。

### 十

不枉怀沙此一隈，奔涛多自蜀山来。

欲将心事随流水，怕入吴江去不回。

——康熙《蟂矶山志》卷下

## 钱 时

钱时，字中甫，号惺复，绍兴府诸暨（今属浙江省绍兴市）人。明万历三十五年（1607）进士，授常州府推官。万历四十五年（1617）任芜关主事。

120

## 蟂 矶

兀突江心独有台，遥分楚蜀接天来。

飘蓬水鸟闲浮没，荒树村烟自合开。

撑柱掀吟忧圣世，登高竞赋羡奇才。

平沙影落徘徊月，春两矶头问绿苔。

——康熙《蟂矶山志》卷下

## 陈维鼎

陈维鼎，字象垣，豫章（今属江西省南昌市）人。明万历三十八年（1610）进士，明天启二年（1622）任芜湖关主事。

## 蟂矶歌并序

此矶以夫人之贞烈显名，千秋奇矣。越百里而采石，乃以谪仙显也。贞女文士，夫非地灵所萃欤，而地灵卒赖以显有是哉。乃两矶相距不百里而遥，而表贞宫闳扬采词林若出一辙，足为千古美谭。惜前诗无有及之者。或曰孙贞李狂未可同日语，夫文章节义两者觭重于世宙久矣。造撰各别，狂耶狷耶亦各成其是耶。要以地灵所萃，均之乎人杰也。

清秋江月孤尊酹，山川人物成吴会。眼中不独数勋华，死生之际良亦大。拳石何年劈巨灵，雪潮风树昼宾宾。浑沌谼来几阅世，千古乃以夫人名。荆州人杰炎刘□，不使嬫婉忘归阵。吴蜀分争讵依违，无可奈何身以殉。矶前死足报夫君，神威再佐鄱湖军。为汉心期付鲁①水，助明血食列灵②云。灵云鲁水咽钟虡，遥瞻采石还吊古。贞女英风表鸠兹，谪仙弄月归牛渚。牛渚鸠兹百里间，节义文章俱美谭。生也秉灵钟浩气，死亦有托主名山。谪仙巴人此羁旅，夫人蜀帝思逾苦。羞蘋魂气无不之，夜半两矶啼杜宇。

——康熙《蟂矶山志》卷上

[注]原注：①江名。②山名。

## 蟂 矶①

辛酉迁留曹，以病就医僦居祠下，因得睹御赐袍带。袍以岁久弊前人，裹以缝袖仅存。绣龙无恙，腰围三尺五寸许，边幅尽毁带，一玉一宝石一珠毋护叚钩键亦毁，而玉质宝气如新宝带出。祖后赐珠带出献后赐也，捧而玩之.宝大颗如梅，小者不下桃李，实各含光彩，有红、白、青三色。黄金镶制甚工，珠亦金镶，独其质有鱼龙海马山水之状，一似雕镂而成，而实非雕手所能也。大小之度差，与宝似，要非世宙间常见物。无言职鼎，即高贵之家得未曾有者。盖矶本奇峭，夫人奇节，借奇珍而称三不朽。云因忆昔游焦山，得睹周鼎其古色宝气，今古罕俪斯山，斯宝若两相待谓天有意耶。非耶。传曰宝藏与焉信矣夫。

一

栖云邃宇镇滦江，龙衮珍围出碧幢。

绝似周王昭德致，赫灵千载佐安邦。

二

杰灵珍异擅三奇，香霭青晖壮御题。

秦汉蓬瀛空濡足，几能应运护皇畿。

三

运惟烟舫问焦山，周鼎龙文深碧颜。

毋论形胜东南并，即数珍奇伯仲间。

——康熙《蜾矶山志》卷下

### 题灵泽夫人祠①

大江东去，淘破英雄新恨。美哉！千秋明月，万年砥柱。看此日三山下，侈伏腊蒸尝，祠表孤贞，人诧是汉朝节义之辈；

帝子西来，拓就霸王旧基。奇哉！一霎东风，三分鼎足。问当年六宫中，佐匕邕功能，范垂窈窕，天锡与吴门佳丽之人。

——康熙《蜾矶山志》卷下

[注] ①《蜾矶山志》原为上联平收，下联仄收。

### 郑之文

郑之文，字南轩，又字应尼，号豹卿，建昌府南城（今属江西省抚州市）人，著名戏剧家、文学家。明万历三十八年（1610）进士。万历四十三年（1615），接任芜关水部，官至真定知府。

## 蜍 矶

如此幽奇事不诬，高皇时助战鄱湖。
苧思伉俪终归汉，肯负生存再返吴。
拳石烟波蛟自舞，长林松柏鸟相呼。
当年气已除脂粉，寝殿妆楼也绿芜。

——康熙《蜍矶山志》卷下

## 陈维谦

陈维谦，豫章（今属江西省南昌市）人，明万历四十三年（1615）经魁。

## 蜍 矶

庙貌犹生重古今，半峰钟盘度疏林。
肯消吴水浮云恨，终抱荆门落日心。
夜阁佩声拟凤吹，秋宫剑气作龙吟。
当年归汉名难朽，凭吊椒浆客思深。

——康熙《蜍矶山志》卷下

## 魏浣初

魏浣初（1580—1638），字仲雪，江苏常熟人。明万历四十四年（1616）进士，官广东提学参议。明天启三年（1623）任芜关水部主事。著有《四如山楼集》。

## 祀灵泽夫人乐章

奕奕庙，江之湑。于赫谁？孙夫人。我来斯，利涉频。恍兮惚，指迷津。何以报？江有蘋。薄言采，敬共申。

税我车，驾我楫。涛汹汹，如人立。灵之来，翠旗集。阴风从，毛骨袭。俨刀环，拥而入。榜人怖，舌为舂。

秩我豆，载我酤。巫纷若，坎其鼓。灵之降，叱风雨。冯夷息，曜灵吐。四山青，掌可数。众胥怿，歌且舞。

灵之去，逝何处？扃闼宫，依还堵。哑饥乌，走黠鼠。告来者，于时旅。阅春秋，有其举。莫费之，谷贻汝。

——民国《芜湖县志》卷五十九

## 蟂矶四首

一

滚滚东风送绿波，阴阴祠宇对矶窝。

偶然灵女同归昼，却使文人费揣摩。

或说雉媒羞智短，也云蛾黛损情多。

永安宫里谁蘋藻，不道吴都亦黍禾。

二

岂独苍梧二女灵，精英自古在娉婷。

魂依杜宇啼难尽，肠绕慈鸟梦不醒。

化作甘霖敷下土，散为杀气助幽冥。

千年香尽浮龙衮，直锁寒烟到远青。

三

传说其中有巨溪，石悬山谷老人题。

沧桑互逐洪涛改，江苇平分秀麦低。

雨暗不闻蛟起舞，月明时见鹘安栖。

殊今意尽凭栏外，浪得矶名占水西。

四

玉骨当年傍水心，蜀吴旧恨洗江浔。

黄冠襟处来膻气，白社希闻出梵音。

遂使鱼龙皆寂寞，空余柏枣拱萧森。

村翁作客延香火，犹艳残膏与坠簪。

——康熙《螺矶山志》卷下

## 刘锡元

刘锡元，一作刘锡铉，字玉受，号心城、颂帚居士，长洲（今属江苏省苏州市）人。明万历三十五年（1607）进士，授庐陵教授。明万历四十四年（1616）任芜关榷使。著有《玉受集》《黔牍偶存》。

## 题灵泽夫人祠

岁月不移舟壑走，

江山长在画图忙。

——康熙《螺矶山志》卷下

## 曹履吉

曹履吉（？—1642），字元甫，号博望山人，太平府当涂（今安徽当涂）人。明万历四十四年（1616）进士。授户部主事，官河南学宪，晋光禄少卿。著有《博望山人稿》。

### 芜关余起潜水部得代还南署[1]

东吹黄雀来海阴，送梅雨过江关深。人间肌骨彻寒玉，未比瓜时载去心。高山之月潭之水，尺影何能量万里。止冯流照拨层深，一点空澄作知己。手君著书若对语，横襟应不贤毫楮。迄少相逢两舍许，翻赠凉风别蟧渚。归到谁同白鹭洲，宜园旧主前度刘。乘秋政共明河赋，立断孤心望女牛。

—— 《博望山人稿》卷二

[注] ①题目系编者所改，原题：芜关余起潜水部得代还南署，短歌寄送兼怀前榷使刘心城社长。

### 早秋邵道卿过鸠兹[1]

三山三月两徘徊，挥手残荷已暗催。
几度梦魂鸡唱后，数行题字雁声来。
帆过牛渚何相避，眼入蟧江好自开。
莫问烟花容易醉，新篇应借项斯裁。

—— 《博望山人稿》卷四

[注] ①题目系编者所改，原题：早秋邵道卿过鸠兹，谒项虞部，书来赋答。

## 张元芳

张元芳，字扬伯，号完璞，广陵（今江苏省扬州市）人。明万历四十四年（1616）进士，官广西按察司副使等。

## 咏蝼矶五首

### 一

为辞鸳侣驻龙宫，一息能调万里风。
露洗金容银汉冷，天回玉柱石潭雄。
千秋贞烈扶坤轴，三国英豪谢女戎。
赫濯声灵堪不朽，宸章难绘六师功。

### 二

潮咽江心帝子宫，西来杜宇泣东风。
三山积翠眉犹黛，片石维蝼骨自雄。
笑逐湘娥忠恋主，耻同毛嫱巧和戎。
千秋尸祝香魂绕，汉室阴扶第一功。

### 三

才离汉苑又吴宫，中道迟迟赋凯风。
抱斗将归肠欲断，鏖兵火发计偏雄。
锦江流作思亲泪，彤管羞言耦国戎。
洒血问天天不语，魂飞阴赞出师功。

### 四

吴楚江边幻别宫，朝飞冷雨暮凄风。
香销鼎足三分定，望断旄头六出雄。
自是偏残难翊汉，谁云薄命不兴戎。
冰心浴日光千丈，画就山河不老功。

### 五

青莲仙子傍花宫，清拂平芜穆穆风。
熟听口碑知介石，倒持年版摄英雄。
东来君号能筹国，南去予惭克诘戎。

127

雨日不殊河朔饮，啸谭想见折冲功。

——康熙《蟂矶山志》卷下

## 张 殿

张殿，字泰华，于湖（今安徽省芜湖市）人。明万历四十四年（1616）贡，任陕西商州州判。

### 咏蟂矶

长江万里来，险绝无今古。黄鹄上掀翻，燕子下撑拄。中余老蟂名，突兀峙江浒。盘旋走若蛇，偃俯蹲如虎。古庙创孙吴，灵泽慨彼土。凭吊烦词人，题咏遍庭宇。

——康熙《蟂矶山志》卷上



## 尹三绝

尹三绝，一作尹三接，东海（今江苏省淮安一带）人，明万历四十五年（1617）任于湖（今芜湖）学博。

### 汪凌云邀陟蟂矶谨依碣上之韵赞咏[①]

羞从镜里惜朱颜，帝胄联妇驾便还。
岂故勉成新伉俪，相期克复旧江山。
运筹将相功能定，击剑英雄气始闲。
最恨赚归赍志殁，至今灵爽未阑珊。

——康熙《蟂矶山志》卷下

［注］①题目系编者依该诗之序所改，其序为：史称孙夫人才捷刚猛，有诸兄风盖，女中丈夫也。既适先生正统之裔，谓如诸葛关

张，共期复兴汉室可也。无何荆州起衅，吴人设计赚归，遂令赍志以殁。夫岂无遗憾哉。是以灵爽不磨几千伯载，犹能助顺于我高皇帝以崇受襃封之典。若夫人者诚，足光照无穷。巳时汪凌云邀陟蟂矶瞻拜之，余肃然起敬，谨依碣上之韵赞咏一律。其他所议论，予不敢谓尽然云。

## 朱谋垔

朱谋垔（1584—1628），字隐之，号八桂，江西新建人，祖籍安徽凤阳。明朝宗室，封奉国将军。著有《书史会要续编》《画史会要》等。

### 蟂 矶

高柱长波碧薜深，芦花树霭日萧森。

浮雪不散归吴恨，落日长悬去蜀心。

殿角残钟千古韵，石门斜日半江阴。

消磨汉魏几兴废，寒户青峰独至今。

——康熙《蟂矶山志》卷下

## 陈圣典

陈圣典（1585—?），字希虞，号九岩，湖广衡阳（今湖南省衡阳市）人。明万历四十一年（1613）进士，初授兵部主事，旋即转礼部，历任云南参政、江西布政使、贵州提学使。所在有政声，然淡于官情，以父丧乞归，遂不复出仕。晚年筑室号"长青轩"，奉母至孝。著有《清白庭集》。

## 题灵泽夫人祠

一

义烈永寒吴地水；

仙灵常理汉宫妆。

二

此日蟂矶，感灵神护国祐民，禋祀永降昭代礼；当年龙舰，奉母后从吴归蜀，江山常肃汉宫仪。

——康熙《蟂矶山志》卷下

### 谭元春

谭元春（1586—1637），湖广竟陵（今湖北省天门市）人，字友夏，号鹄湾，别号蓑翁。天启间乡试第一，与同里钟惺同为"竟陵派"创始人。著有《谭友夏合集》。

## 送伯肯先生还里

蟂矶握手未经旬，忽指金陵别返轮。

寄语慈闱兼弟妹，道予知劝久游人。

——《新刻谭友夏合集》卷二十二

### 刘应宾

刘应宾（1588—1660），字元桢，别号思皇，明末清初山东沂水人。著有《平山堂诗集》。

## 枭矶岛悼孙夫人

### 一

枭矶城堞白，庙貌映波红。

剑戟当年气，唱随异地穷。

依刘初不改，怀汉久弥忡。

烈烈千秋节，往来报大风。

### 二

闺合丈夫气，房帏列女兵。

间关龙凤侣，呵护虎狼城。

事出河山变，情因生死明。

当时听叔止，不堕周郎坑。

### 三

夫人机警绝，先主称枭雄。

块土荆州借，奋身蜀道通。

睦孙迎旧好，伐魏树奇功。

汉室中兴在，蜗争靡有终。

### 四

诸葛智谋士，处人夫妇间。

瑟琴原好合，钟鼓吝重攀。

结怼虚椒室，凝望绝婿山。

通吴他日使，过庙亦惭颜。

——《平山堂诗集》卷二

## 盛于斯

盛于斯（1598—1641），字此公，号休庵，安徽南陵人。学识渊博，少负奇才，游学于金陵、淮扬间。著有《休庵影语》等。

## 枭矶吊先主夫人用魏浣初韵

### 一

洞庭秋水海门波，波上琳宫即锦窝。

白帝祠边青障合，锦官城上绿云摩。

三分旧恨春风尽，一片归心秋雨多。

剑气睨消亡国泪，年年空荐玉山禾。

### 其二

拳石中流破碧波，汉家官阙售行窝。

香铺翠被千行泪，字砾残碑几度摩。

月冷马当归梦断，潮平牛渚近愁多。

芳魂若向成都过，太液池头已种禾。

——《休庵集》

## 朱议潢

朱议潢，明人，生平不详。

### 蝫矶

轻生重义已难同，劲节何人敢并功。

一片丹心悬蜀道，两行珠泪出吴宫。

蝫矶独照千秋月，灵泽环流万古风。

如鬼奸雄今孰在，当年富贵总成空。

——康熙《蝫矶山志》卷下

## 陈邦经

陈邦经，明豫章（今江西省南昌市）人，余不详。

### 蜍 矶

随宦当年此惜阴，浮艖今日又登临。

山含积翠苔封绿，月映寒潭浪涌金。

读罢残碑伤往事，歌来雅咏快游心。

夫人庙貌灵千古，鼎足空余过客吟。

——康熙《蜍矶山志》卷下

## 龚 敩

龚敩，铅山（今江西上饶市辖县）人，明初儒士，官历四辅官、国子监祭酒。著有《鹅湖集》。

### 蜍矶庙

姑熟江头浦溆回，云岑烟岛翠崔嵬。

楼穿蜃气波心出，山戴鳌宫海上来。

石见早知潮水落，风生远见客舟开。

天教迥隔江淮壤，不著游丝点绿苔。

——《鹅湖集》卷二

## 陈王政

陈王政，上虞（今属浙江绍兴市）人，大约生活在明万历年间。

133

芜湖蛟矶庙历代题咏

## 蟂矶

拳石柱中流，晴云蜃气浮。

落霞明远水，迭嶂隐高楼①。

横树吴山晓，离宫汉甸秋。

登临重感慨，往事若为筹。

——康熙《蟂矶山志》卷上

[注]①楼：编者所改，《山志》为楼。

# 王 推

王推，字汝宾，明芜湖贡监，任鲁府典仪。

## 蟂 矶

天堑长江险，中流石柱横。

烟波浮巨楫，岛屿接孤城。

日月俱陈迹，孙刘总失盟。

停舟矶上立，往事不胜情。

——康熙《蟂矶山志》卷上

# 彭 会

彭会，明豫章（今属江西省南昌市）人，余不详。

## 蟂 矶

蟂矶一片石，结宇似蓬壶。

南北东西望，楼台烟雨芜。

江流来自蜀，山色去连吴。

甫咏追前烈，英风激壮夫。

——康熙《蝼矶山志》卷上

## 朱 铭

朱铭，明南溪（今属四川省宜宾市）人，司礼监，余不详。

### 蝼 矶

懿德吴中月，贞操江上台。

徽音鸣海岳，仙迹并蓬莱。

遹命非徒步，乘闲约伴来。

瞻依思往事，归语共徘徊。

——康熙《蝼矶山志》卷上

## 潘懋祐

潘懋祐，芜湖人，明监察御史，余不详。

### 蝼 矶

出郭寻名胜，登临江上台。

山从碧汉落，水自蜀岷来。

庙貌钟灵泽，神光烛上台。

瞻依迟海月，放棹溯潮回。

——康熙《蝼矶山志》卷上

## 林乔璪

林乔璪，莆田（今属福建省）人，余不详。

### 蛟 矶

鸠兹多胜迹，灵泽事堪评。

一片冰心处，千秋俎豆生。

纲常乘典籍，礼祀见幽贞。

惟此澄清志。蛟矶独擅名。

————康熙《蛟矶山志》卷上

## 姚凤翔

姚凤翔，女，字季羽，桐城（今安徽枞阳）人。著有《梧阁赓噫集》。

### 蛟矶吊孙夫人

漫夸英武胜须眉，吴蜀兵戈有是非。

拼得蛟江身一死，可知失计在东归。

————《枞阳名媛诗选》

## 鲁弘任

鲁弘任，明人，生平不详。

### 蛟 矶

廿四年来忆壮游，何期此日聚江楼。

窗含四霭青如洗，槛涌三山翠欲浮。

汉室贞操凌鼎足，词臣片语重千秋。

凭栏话旧酣秋色，万里江山一目收。

——康熙《蜻矶山志》卷下

## 曾赐昌

曾赐昌，明吉水（今属江西省吉安市）人，官至刑部郎中，著有《可风堂传草》。

### 蜻矶三首

一

孤峰中峙楚江流，蜀道犹然带远愁。

佩起涛声风戛玉，镜澄波影月盈钩。

鼎分业逐三吴水，天堑波颓一柱留。

凭吊当年兴壮思，吾身方系庙廊忧。

二

共棹春风意若何，鳞花掠浪起舷歌。

空中叠阁惊姚蜃，云里千峰郁翠螺。

拳石辟开蓬岛径，轻桡忽破海天波。

问奇何必星槎远，今日同游胜揽多。

三

莺花三月黛芳洲，柳色参差掩画楼。

拂面微风香度雨，逼人清气狎轻鸥。

光分岑影开天际，青引帆飞带远流。

相对不知春去住，桃源依旧失渔舟。

——康熙《蜻矶山志》卷下

## 许嘉祐

许嘉祐，字吉卿，东阳（今属浙江省金华市）人。明天启五年（1625）工部主政，出任芜关榷使。

> 江流天地外；
> 山色有无中。

——康熙《蟂矶山志》卷下

## 吴正心

吴正心，字诚先，宜兴（今属江苏省无锡市）人。明崇祯三年（1630）举人，授云南富民知县，官至户部郎中，著有《滇中诗集》。

### 蟂 矶

一

烈气横江显石峨，香风不散满烟波。
啼痕望蜀都成泪，幽恨归吴矢莫他。
汉鼎一丝牵系重，明威千古赫灵多。
君家兄妹皆人杰，肃肃音徽仰黛蛾。

二

栾江涌漫控荆吴，荡桨波开白练途。
浩淼烟光千嶂色，一轮圆镜万家图。
佩环香冷祠前草，庙祐俄惊屋上乌。
今夜共登瞻宝气，风清矶碛好呼卢。

——康熙《蟂矶山志》卷下

## 张一如

张一如，字如来，一作来初，于湖（今安徽省芜湖市）人。明崇祯四年（1631）进士，初仕大行人，晋吏部主事，官至湖广荆南参议，以病归。著有《言思阁诗集》《潥渔客草》。

### 灵泽夫人祠

矶痕亦带瞿塘波，空浸闲云草共窝。

石镜不来泉下照，玉人犹向月中摩。

当时家国心俱破，此后兴亡闷更多。

为问江南香火地，今成北岸树良禾。

### 前　韵

金陵不隔此烟波，生死愁城亦乐窝。

路驾仙车云一色，宫留故剑日三摩。

苍梧帝子悲应似，花蕊夫人恨已多。

惟有销沉凭吊意，矶头风雨垄头禾。

——康熙《蝼矶山志》卷下

## 张九如

张九如，字石初，张一如弟，于湖（今安徽省芜湖市）人。著有《知非堂集》。

### 蝼　矶

寂寥谁锁贝宫香，如见灵风上下妆。

云雨不随神女梦，苍湘好共帝妃望。

波间沉筏传闻怪<sup>①</sup>，穴底潜蛟供奉忙。

隔水已教连北岸，何知天语隶吾乡。

————康熙《螺矶山志》卷下

[注] ①原注：土人相谓矶前有水，时时浮出之，是海神将筏过此，夫人压而沉之。

## 潘观孺

潘观孺，字任夫，明代宜兴（今属江苏省无锡市）人，余不详。

### 登螺矶次韵二首

#### 一

怒涛千里激矶雄，川后缘何建别宫。

情为妹兄忘汉敌，义因夫妇返吴穷。

黎民北望求甘露，天子西征助剑风。

他日忠贞今日在，滦江相对隐忧中。

#### 二

先后从来只此心，此心幽窒为谁深。

烈气不知身命事，忠魂直卫帝王今。

青峰时贮东吴恨，碧浪频传西蜀音。

幸有佳言留得在，每逢拂郁一高吟。

————康熙《螺矶山志》卷下

## 释珍厂

释珍厂，俗名不详，明遗民，为僧于芜湖，其精舍曰庵萝园。工诗，精禅理，与流寓芜湖遗民方兆曾为友。

## 螺矶怀古

矶前明月芦花白，矶上钓台高百尺。垂柳苍苍大十围，长江滚滚寒潮碧。英雄老死为山河，粉阵低头真不惜。灵风习习满绣旗，想见弓刀人侍立。蔓草已萦白帝陵，谁知庙祀千秋迹。相依不及武侯祠，一体君臣作寒食。秣陵旧内永安宫，碧瓦凄凉日相射。留得江心一抔土，至今人道螺蛳宅。

——《皖雅初集》卷二十七

## 倪伯鲸

倪伯鲸，字逸庵，明姑孰（今安徽当涂）人。

### 螺 矶

楼台缥缈结瑶林，绝壁层厓入暝阴。
断濑倚天流素影，老螺摩月堕寒音。
空青幻出烟霞净，虚碧高涵紫翠深。
一自汉宫埋玉后，千秋灵泽到于今。

——康熙《螺矶山志》卷下

## 倪伯鳌

倪伯鳌，姑孰（今安徽当涂）人，明代旅游学家，著有《十洲宫辞》。

### 螺矶山

海上虹飞浸太阴，东南斗垒结寒星。
石堂半落鼍鼋窟，江阁平分虎豹林。

照日波光还掩映，出山云气自萧森。

银涛玉蕊三千卷，独为波灵乞赏心。

——康熙《蟂矶山志》卷下

## 集蟂矶

东风倚棹吴门地，涛头晓日城霞气。护江堤上柳摇天，涵碧楼中花满砌。沙暄草软青莓苔，古矶断籁相潆洄。天门两梁飞栋立，斗柄倒挂烟云开。云开远见巫山色，水色山光两无极。凌风独鹤下苍茫，竹笛一声青嶂碧。三台夜列天气秋，旗鼓不惊江畔鸥。灵妃额上探珠蕊，何但昆仑问赤邱。

——康熙《太平府志》卷三十八

### 卢象颢

卢象颢，约明万历年间杭州府人，余不详。

## 游蟂矶十首

### 一

滦江烟水冷平芜，埋玉千秋片石孤。

魂断杜鹃犹望蜀，台空彩凤却归吴。

### 二

危矶屹立俯巑岏，抱石浮云满目攒。

白帝远山横翠黛，永安徒作画眉看。

### 三

小儿谋国笑周郎，借箸何如出锦囊。

计失枉教人薄命，怨流江水日汤汤。

## 四

明月如①安玉镜台，曾盈宝匲试妆开。

自从分破峨嵋影，不见潇湘帝子回。

## 五

兼天波浪大江空，三峡瞿塘本自通。

何事扁舟无日迟，武侯不为借东风。

## 六

捐珠陨璧意何深，泣尽枯鱼一寸心。

吴国错施红粉计，汉宫恨杀白头吟。

## 七

春风祠下荐江篱，不胜酸心吊古诗。

楚雨莫骄湘女瑟，芜阴不数岘山碑。

## 八

扼腕休从鼎足论，谁将倾国易倾身。

终然虎穴还真主，不向蛟宫脱美人。

## 九

尘销灰烬数前朝，无复青春贮贮乔。

独许嵯峨栖碧殿，望来松桧亦箫箫。

## 十

白马奔腾匹链悬，如云芳草更芊芊。

沉江一片英雄气，过客无劳意惘然。

——康熙《螺矶山志》卷下

[注] ①如：《山志》为"知"，疑"如"之误。

## 吴殳

吴殳（1611—1695），一名乔，字修龄，号沧尘子，江南娄东（今江苏太仓）人，入赘昆山，遂占籍昆山。是明末清初诗人、史学家和武艺家，清初东南遗民群体中一位学行奇特而文武兼长的学者。著有《舒拂集》《围炉诗话》，武学专著《手臂录》尤为传扬。

### 蜀汉

季世唐虞只此时，泗亭天壤哲人违。
三交城下波声急，五丈原头日色微。
西国无烟生火井，东邻有女落蠛矶。
不关钟邓能缘险，黄皓谯周尽识几。

——《履园丛话（八）》

144

## 方文

方文（1612—1669），字尔止，号明农、嵞山，安徽桐城人。明末诸生。明亡后隐居不仕。他与侄方以智以气节学问著称于世，遍交朝野名士，以诗负名。著有《嵞山集》。

### 泊芜湖

芜阴衰柳挂斜晖，乱后人家万事非。
官税纷纭商贾断，戈船络绎市廛稀。
片云起似青山立，巨浪高如白雪飞。
何物老蠛能作祟，年年祠宇占江矶。

——《嵞山集》卷六

## 吕　阳

吕阳（1613—1674），字全五，江苏无锡人。明崇祯十三年（1640）进士。入清官至浙江布政司参议。著有《薪斋集》。

### 芜湖江中望孙夫人

龙跃蛟矶谨护珠，珊瑚海底尽踟蹰。

影和寒月春深闭，说与湘君总不如。

——《薪斋集》卷二

## 顾炎武

顾炎武（1613—1682），初名绛，字宁人，江苏昆山人。明清之际思想家、学者，世称亭林先生。清兵南下，参加昆山、嘉定一带抗清起义。著有《日知录》《亭林诗文集》等。

145

### 蛟　矶

下接金山上小孤，一矶中立镇芜湖。

千年形势分南极，万里梯航达帝都。

岭色远浮黄屋纛，江风寒拂白头乌。

高皇事业山河在，留得奎章墨未枯。①

——《亭林诗集》卷二

[注] ①作者自注：庙中有高皇帝御制诗金字牌一扇。《三国典略》："侯景篡位，令饰朱雀门，其日有白头乌万许，集于门楼。童谣曰：'白头乌，拂朱雀，还与吴。'"

芜湖蛟矶庙历代题咏

## 陆自岩

陆自岩，字友洙，武进（今属江苏省常州市）人，明崇祯十年（1637）进士，任户部主政，出任芜关榷使。

### 题灵泽夫人祠

一

瞻维石而图报功鼎新日耀；

涉大川而思食德震索云仍。

二①

贞烈殉卯金，神威扶日月，英魄忠魂衮而釐祚调燮雨旸，昭哉永锡尔类；

襟嵉控西蜀，包络带东吴，地维天堑翕而障狂澜利舟楫，屹然砥柱中流。

——康熙《蜻矶山志》卷下

[注] ①《蜻矶山志》原为上联平收，下联仄收。

## 潘世晋

潘世晋，清代三河人氏，余不详。

### 题灵泽夫人祠

汉业三分，同才十乱，赍志无成，直与将相须眉，正气长留天地；

台称蜀望，江号曹娥，芳名并著，既作东南保障，俎豆永在山川。

——康熙《蜻矶山志》卷下

## 吴百朋

吴百朋（？—1670），字锦雯，浙江钱塘（今杭州）人。明崇祯十五年（1642）举人。入清，历官苏州推官、南和知县。著有《朴庵集》。

### 赠宋荔裳

相思五载何由见，屋梁落月疑君面。漫伤玄发忽成丝，无那华年去如箭。忆昔扁舟吴地游，登高作赋卑曹刘。联镳共入三天竺，把酒还登万岁楼。此时君才殊倜傥，中原屈指雄心壮。下走萧萧一蒯缑，依刘王粲腾高唱。桃叶渡头乌夜啼，飘零尽室在西溪。弹棋击筑座上满，玉台春酒山中携。江南江北各奔窜，别后书来长尺半。赠袍每念范雎贫，解骖思济越石难。世人白眼欺豪贤，黄金不多人不怜。君独慷慨命游侠，丹阳时觅孝廉船。梦日亭边花似霰，牛渚蝼矶澄匹练。元晖筑室爱青山，太白扬帆恣欢宴。春风杨柳已垂丝，青鞋布袜到鸠兹。还寻北海孙宾石，应为穷途识赵岐。

——《晚晴簃诗汇》卷二十二

## 罗世绣

罗世绣，字绣铭，号璨珂，御史罗万爵长子。明崇祯十六年（1643）岁贡，任崇明县训导。

### 蝼矶纪游

鲁明江外滦汇口，矶戴灵宫宫十亩。潜蝼负石受磨笄，绰约真妃骑蚴蟉。生前风烈类贤昆，嫔向公安汉帝孙。东归无路赴磋跌，沉渊此地栖贞魂。贞魂缥缈经千载，敕闪朱旗承上帝。康郎山北帅阴兵，濠泗真人充拱卫。我生之初二百年，报功作庙王师旋。黄冠庙令司珍赐，宝带龙衣设俨然。我侬家在江城住，西飞不及长天鹜。瓣香几得谒灵宫，六十行年三唤渡。近代词人换昔时，情如辽鹤怨归迟。织儿已覆兴亡业，寂寞鲛宫北斗旗。鱼肥酒暖天风起，日脚斜明半江水。急楫遥将鹊岸投，残杯迥指鎏江醿。环佩珊珊月夜归，凭谁长跽白真妃。舟青倩画长廊壁，貌取康郎解战图。

——康熙《太平府志》卷三十八

## 蝛矶志感

望帝春残带血啼，临风吊古一含凄。

埋幽暗锁吴宫恨，飞梦空劳蜀道迷。

松柏成阴如拥翠，鱼龙负石为磨笄。

冰心自有澄清处，莫向妆楼觅旧题。

——康熙《太平府志》卷三十九

# 奚自

奚自，字石公，安徽芜湖人。顺治年间布衣。颖敏嗜学，淡于名利，慕陶潜为人。储书万卷，日夕啸咏其间。著有《柳村存稿》。

## 会葬沈门三节妇，诗以纪之

一抔卜葬大江隈，为妥贞魂蒩草莱。

云气近连灵泽庙，潮声遥接雨花台①。

泪凝湘竹沉烟冷，血染山桃带露开。

最是年年寒食日，杜鹃声里不胜哀。

——民国《芜湖县志》卷五十九

[注] ①作者自注：惕庵先生葬处。

## 宋 琬

宋琬（1614—1674），字玉叔，号荔裳，山东莱阳人。清顺治四年（1647）进士，官浙江按察使。诗与施闰章齐名，人称"南施北宋"。著有《安雅堂集》。

### 游蟂矶

别渚王姬馆，危矶帝妹祠。
空山悲杜宇，深夜舞冯夷。
赭岸如三峡，青峰接九嶷。
珮环风雨降，英爽遍云旗。

——《安雅堂诗》

### 题灵泽夫人祠大门

云迷别渚王姬馆；
浪拍危矶帝妹祠。

——《无为市古今楹联大全》

[注] 作者另有《游蟂矶》，见上文，其首联五言分别添加二字。

## 彭孙贻

彭孙贻（1615—1673），字仲谋，一字羿仁，号茗斋，浙江海盐人。明崇祯十六年（1643）以贡生首拔于两浙。明亡，杜门侍母，终身不仕。诗文书画皆精，著述甚丰。著有《茗斋诗文集》《茗斋杂记》《明朝纪事本末补编》等十余种。

## 上巳与诸于联屐行郊闻留都有楚寇忧而成诗

荼䕷风亚拂行辀，连臂高吟把绿鞲。

何处坐花流凿落，可堪试鼓湿岑牟。

蟂矶月下惊沉锁，杏粥灯前试懒油。

未必江南能禁火，雨鸠不语语晴鸠。

——《茗斋集》卷三

## 蟂矶孙夫人庙和潘江如

蛟龙云雨已翻飞，此地潜蟂自伏矶。

西顾幸从诸葛妇，东风肯逐二桥归。

垂帘江汉紫衣带，佩剑嫔嫱谒水妃。

笑煞紫髯真短下，望陵台外指降旗。

——《茗斋集》卷二十一

150

## 龚鼎孳

龚鼎孳（1615—1673），字孝升，号芝麓，谥端毅，安徽合肥人。与吴伟业、钱谦益并称为"江左三大家"。明崇祯七年（1634）进士，任职兵科。死后百年，被清朝划为贰臣之列。著有《定山堂集》。

## 上巳将过金陵（三首录一）

蟂矶一棹水云宽，采石晴峰涌翠盘。

天气殊佳芳禊会，海风吹客到长干。

——《定山堂诗集》卷三十九

## 曹尔堪

曹尔堪（1617—1679），字子愿，号顾庵。浙江嘉兴人。清顺治九年（1652）进士，授编修，升侍讲学士。著有《南溪词》。

### 满庭芳

丁未九日，芜湖赭山登高，有怀里中诸友。

铜狄迷烟，金茎泻露，壮怀今已无成。西风摇落，老大倍关情。回首蓬莱万里，青藜焰、只剩枯檠。千秋后，谁知我者，惟有曲先生。　心惊。秋浪发，鲸吞鼍吼，水上横行。望蟂矶突兀，犀浦分明。遥忆茱萸插罢，都尝遍、香稻黄橙。孤踪在，江城客馆，醉卧月三更。

——《南溪词》

## 施闰章

施闰章（1618—1683），清诗人。字尚白，号愚山，晚号蠖斋，安徽宣城人。清顺治六年（1649）进士。举博学鸿词。官至侍读。诗与宋琬齐名，曰"南施北宋"。著有《施愚山集》《学余堂诗集》。

### 王兰陔奉使江南便道省觐

驿路草芳菲，星轺出帝畿。
羡君持节去，却是故乡归。
舟楫蟂矶过，江潭子鲚肥。
登堂花烂熳，正映老莱衣。

——《学余堂诗集》卷二十五

### 怀唐田卿①榷关芜湖兼属讯陈伯玑

司农飞盖去江津，惜别残冬又早春。
牛渚蟂矶时骋望，眠鸥浴鹭坐相亲。
诗从湖海多清思，官近乡关狎故人。
旅食肯怜词赋客，南州孺子岂长贫。

——《学余堂诗集》卷三十四

[注] ①唐田卿：唐黄龚，字田卿，榷芜关游，从多文士。

## 窦遴奇

窦遴奇（约1619—1683），字德迈，号松涛，直隶大名（今河北省大名县）人。清顺治三年（1646）进士，改户部主事，官至徽宁广德道。著有《倚雉堂集》。

### 送王山人归芜湖

王山人惠予以子昂之马、林良之鹰，何以报之？曰以歙山砚一方、君房墨数升。

六月炎天道旁喝，唇干口燥暑气蒸。①王山人今日欲还家。长江鲜鳞肥可义，蟂矶山边酒须赊。数幅净绢乌丝栏，解衣槃礴兴愈加。王山人芜湖与我有前因。商舲贾舶日中集，十余年来梦尚真。今日备员理刑狱，不如当年学算缗。予既才疏兴潦倒，子虽精艺叹食贫。王山人，忧当辍，清晨不久日已昳。晴曛不尽阴山雪，铸剑能消几许铁，我今行步已蹩躠，莫辞烹羊与炰鳖。子年六十我五十，老壮生死一关揿。

——《倚雉堂集》卷七

[注] ①作者自注：聆子绮谈，霏霏怳如清凉之散、玉壶之冰。

## 忆旧诗（四首录一）

昔日鸠江似画图，蟂矶岩下酒频沽。

中流箫鼓鸣仙鹤，绝域钱刀供内帑。

岭树几重障岛屿，江风千里送艟舻。

十年魂梦犹相忆，遮莫人呼旧酒徒。①

——《倚雉堂集》卷九

[注] ①作者自注：右榷关。

## 再过芜湖有感

鸠兹昔日泛楼船，屈指而今已十年。

别后山川皆似旧，重来朋辈不如前。

牙樯动处鱼吹浪，锦缆行来花吐妍。

转盼乾坤成代谢，蟂矶岩下草芊芊。

——《倚雉堂集》卷九

## 重过蟂矶

一

鸠兹昔榷关，来往蟂矶口。

撚指十余年，相逢如密友。

二

江风直到暮，欲泊月模糊。

舟子启扉告，前船达小姑。

——《倚雉堂集》卷十

## 顾景星

顾景星（1621—1687），字赤方，号黄公，蕲州（今湖北省蕲春县）人。明末贡生，南明弘光朝时考授推官。入清后屡征不仕。康熙己未举博学鸿词。诗词文皆名于当时。著有《白茅堂集》。

### 蛟 矶

上有汉昭烈孙夫人庙，旧传夫人殉节处。

龙德当年配，蛟矶此日神。威仪思汉室，香火及夫人。赭岸斜阳出，青山过雨新。何尝风景异，真使泪沾巾。

——《白茅堂集》卷十三

## 刘余清

刘余清，字不疑，别号瀼溪，安庆怀宁籍潜山人。明崇祯间，举贤良方正，未就。清顺治十四年（1657）以岁贡官芜湖训导，在任三年，引疾归。著有《梅花集》《越游集》等。

### 蛟矶（回文）

城南隔水驾高楼，小棹孤游浪白头。

晴港入帆千树晚，冷风飘叶一江秋。

鸣蜩夜杂悬钟怨，梦鹤寒栖暗殿愁。

生死异时当恨绝，情伤在竹泪痕留。

——《太平府志》卷三十九

## 张明象

张明象，字悬湛，号菁庵，安徽芜湖人。清康熙元年（1662）岁贡生。著有《九经晰义》等。

### 喜中江塔①落成二首（录一）

江上巍巍一柱雄，几年肇迹此乘功。

地灵渭水回东北，物瑞诸天现郁葱。

七级坐连神燕谷，千秋影压老蟂宫。

杖藜来会观成日，高阁题诗客座风。

——康熙《芜湖县志》卷十三

注：①中江塔：位于芜湖市青弋江与长江汇合处东侧水岸，始建于明万历四十六年（1618），未竣工。清康熙八年（1669）续建落成。今为"双江塔影"，芜湖十景之一。

## 倪瑞胤

倪瑞胤，一作瑞应，字青崖，安徽当涂人。明末由训导升当阳知县，在与张献忠农民起义军激战中中箭身亡。著有《倪仲子诗集》。

### 蟂矶

东障孤拳自昔雄，游人错认汉离宫。

吞吴未测君臣意，望帝徒伤伉俪穷。

殿阁晓蒸蛟蜃气，帆樯争激往来风。

王师飞捷惊神助，片石擎天属此中。

——康熙《蟂矶山志》卷下

▲
▲
▲

## 江万里

江万里，字偶焉，明代于湖（今安徽省芜湖市）人，余不详。

### 江云阁上十律

鸠兹鲁明之江，通三吴之胜，接七楚之流，宿分牛女，故应之于夫人，诚女中之丈夫也。余友徐渔隐酷嗜，扶湾一日诸葛丞相结蓬莱，仙客毕集于渔隐江云阁上，飞觞留韵，因赋十律，以纪其仙踪云尔。

一

芳树晴烟淡复浓，澄江如练水从容。
凄凉宫殿莺花老，寂寞楼台岁月重。
玉辇不来弯风锁，碑铭留得藓苔封。
香魂未审游何处，矶上年年听晓钟。

二

磊石拳然翠点苔，夫人祠宇傍江隈。
千屑雪浪翻天际，万里烟波拥地来。
古木鹏鸰悲玉貌，荒芜花草砌香台。
贞心不复东吴去，薄暮江声若有哀。

三

远眺长江水接天，蟆矶烟锁自年年。
涛冲九派来巴蜀，月上孤轮照汉川。
夹岸杨花春色满，近城麦陇物华迁。
三分豪杰如蜂聚，谁与夫人计万全。

四

独石临江衬落霞，香台岑寂凰鸾车。
云回牛渚风前断，雪拥巴山天际遮。

隔岸敲钟惊唳鹤，汀洲渔唱乱啼鸦。
芦花深处徐嘉亮，夜夜江门感物华。

## 五

寒江骤雨树萧萧，风带潮声动寂廖。
天外山光青霭合，日边帆影白云遥。
芊芊细草蛙痕砌，汎汎轻鸥雁字飘。
怅望矶头伤往事，香魂何处教人招。

## 六

矶头独立思无穷，不见音容见旧踪。
极目澄江飞远练，伤心荒寺度疎钟。
波间鸥影天边月，楼外涛声岸上松。
珠盖云旛满宫殿，不劳看锁白云封。

## 七

汉时风景汉时天，人物冠裳尚宛然。
蜃吐楼台浮帝阙，鲸吞星斗撼秦川。
一滩渔火连萤火，万井炊烟接柳烟。
回首可怜明月上，凄凉长照水涓涓。

## 八

两岸芙蓉江上秋，落霞红映水边楼。
芦花深处归舟泊，枫叶林中宿鸟投。
血泪沾巾悲侠士，伤心匍匐吊良俦。
蓬莱仙社同赓和，几向江门望斗牛。

## 九

凭高西望大江流，海鹤翱翔天际头。
泪染丹枫两岸在，身轻白壁万年留。
寒烟漠漠生巫屿，凉月纷纷照汉州。
可惜许多光景去，悠悠惆怅倚江楼。

### 十

琼楼翠殿锁鸳鸯，珠盖瑶旌绣凤凰。

杂杂管弦天外奏，飘飘霞佩月中还。

御炉香浇氤氲色，仙罍花明断续光。

几过灵祠诚敬谒，未携樽俎表衷肠。

——康熙《蝝矶山志》卷下

## 徐应旲

徐应旲，号渔隐，明代于湖（今安徽省芜湖市）人，余不详。

## 灵泽夫人二首

蝝矶砥柱中流为吴楚东南之汇，旲绿蓑青笠渔隐于斯时，春江环碧，柳岸拖烟。偶诸葛丞相偕寿亭关公诸仙仙真降鸾小阁，漫赋二律，以知其灵泽夫人之非谬也。

### 一

碧山千寻古殿开，汉妃庙食此江隈。

东溟夜月凄凉上，西蜀春涛潋滟来。

杜若馨香回浦溆，蒹葭掩映远楼台。

当年贞烈垂千古，冰玉声华莹上台。

### 二

缥缈云封妃子台，何年雄峙大江隈。

贞心不遂东流去，归梦还从西蜀来。

矶下狂涛飞白练，波心落日映苍苔。

登临莫谩悲前事，且掌仙乩奠一杯。

——康熙《蝝矶山志》卷下

## 方珠麟

方珠麟，明代桐城（今属安徽省安庆市）人，余不详。

### 蝀矶

隔江行殿属于湖，西望江云江月孤。

白浪掀空惊万马，夕阳坠晚隐双凫。

难兄定霸原强敌，娘子名军实丈夫。

千古东流仍浩浩，可知非汉亦非吴。

——康熙《蝀矶山志》卷下

## 吴敦智

吴敦智，字颖舍，明代人，余不详。

### 蝀矶

#### 一

一拳石出水苍茫，日射波心千里光。

鲛室迷离沉玉骨，蜃楼缥缈护红妆。

绣幡风动烟频袅，罗幌云归月亦凉。

静夜忽闻环佩响，惊疑鸾辂下瞿塘。

#### 二

青螺翠黛拥楼台，怪石千寻水一隈。

钟磬年年鸣夜月，波涛日日吼晴雷。

碑留往事远荒草，壁写新诗破古苔。

多少征帆矶下泊，江干遥望蜀山哀。

——康熙《蝀矶山志》卷下

芜湖蛟矶庙历代题咏 ▲ ▲ ▲

## 胡　奎

胡奎，字虚白，号斗南老人，海宁（今属浙江）人。元末尝游贡师泰之门，入明以儒学征，官宁王府教授。今存《斗南老人集》。

### 过焦矶

中流砥柱压金鳌，上有神宫结构牢。
豪杰已随三国尽，精灵犹占一山高。
鸡鸣海树朝迎日，豚挟江风夜涌涛。
沿月棹歌祠下过，采蘋无计奠春醪。

——《斗南老人集》卷三

## 郑　簠

郑簠（1622—1693），字汝器，号谷口、谷口农，清上元（今属江苏省南京市）人。以行医为业，且一生致力于隶书的研究和实践，著有《天花神谶碑补考》。

### 题灵泽夫人祠①

思亲魄落吴江冷；
望帝魂归蜀道难。

——康熙《螺矶山志》卷下

[注]①据梁章钜《楹联丛话》载，作者系明代才子徐渭。

## 殷明杰

殷明杰，歙县（今属安徽省黄山市）人，余不详。

### 题灵泽夫人祠①

江流不尽思君泪；

矶势空凌望蜀心。

——康熙《蟂矶山志》卷下

## 江文焌

江文焌，秣陵（今属江苏省南京市江宁区）人，余不详。

### 题灵泽夫人祠①

波光犹映蜀；

矶势不平吴。

——康熙《蟂矶山志》卷下

## 刘谦吉

刘谦吉（1623—1709），字訒庵，山阳（今江苏淮安市）人。康熙三年（1664）进士，官山东提学道。著有《雪作须眉诗钞》。

### 灵泽夫人祠二首

一

先主西还蜀一隅，犹羁香魄伴蘋芜。

可怜昨日巴江雨，不肯连江夜入吴。

二

芳树迷离江月孤，永安宫晓梦来无。

自从哀陨栾江日，可仗刀环嚇丈夫。

——《雪作须眉诗钞》卷八

## 毛奇龄

毛奇龄（1623—1713），原名甡，字齐于，又字大可，别号河右，又号西河，又有僧弥、初晴、晚晴、春庄诸号。浙江萧山人。康熙十八年（1679）应博学鸿词科，授翰林院检讨。著有《西河集》等。

### 登天门山望江

晨登天门巅，俯瞰大江渚。江渚浩浩环石根，细激岩花散成雨。岩花灼烁当水关，秋棠石隙青苔斑。盘旋曲磴越丛莽，峭壁直下波涛间。峨嵋山亭倚博望，与此东西屹相向。世人相视称天门，我来已据天门上。天门巉嶪朝日开，峨嵋窈窕烟霏回。小鬟十五共追陟，前凌缥缈超尘埃。青天万里泻空阔，欲上天门蹑天阙。凭将峰顶看浮云，不向波间捉明月。横江江馆千古愁，蟂矶牛渚思悠悠。振衣独上天门望，惟见长江不断流。

——《西河集》卷一百五十七

### 晚泊口号

十里吴关蛟岸长，帆樯千片暮相望。
满江红浪浮新霁，隔岸青山带夕阳。
大贾几曾来越客，小姑不用嫁彭郎。
楼船箫鼓秋风里，袅袅吹来欲断肠。①

——《西河集》卷一百七十七

[注] ①原注：绳祖曰："蛟矶在芜关。"

## 陈维崧

陈维崧（1625—1682），字其年，号迦陵，南直隶常州府宜兴县（今江苏省宜兴市）人。清初诸生，康熙十八年（1679）举博学鸿词，授翰林院检讨。54岁时参与修纂《明史》。著作宏富，今人辑有《陈维崧集》。

### 汉宫春·送郝元公先生之任宛陵①

秋色佳哉，剪绿帆半幅，与雁同飞。船头新旸似雪，津树霏微。后堂丝竹，记频年、屡解谈围。真豪迈，传经刘向，肯言心事终违。　此去云山万叠，近天门牛渚，采石蛾矶。今朝临风酾酒，往事都非。江声千尺，推篷望、吟遍斜晖。偏相羡、敬亭山色，朝朝得上君衣。

——《陈迦陵文集》卷十五

［注］①作者题注：先生梁溪广文，视篆吾邑，今升宁国府教授。

### 念奴娇·读京少过孙夫人庙①

斜风细雨，算心情一往，柔如春水。梧月新词刚入手，脱帽忽然狂喜。鹦鹉雕笼，蛾矶古庙，字字俱精绮。②高才妙作，定摩秦柳墙垒。　寄语尊甫先生，陈生别后，憔悴吾衰矣。旧日酒徒零落尽，相隔云泥朝市。㼝𡌶孤城，夜郎远宦，归况今何似。传柑家宴，道余问讯如此。

——《陈迦陵文集》卷十八

［注］①题目系编者所改，原题：春日读京少梧月新词寄题一阕并呈尊甫慎斋给谏。②作者自注：时读京少咏鹦鹉过孙夫人庙二词。

芜湖蛟矶庙历代题咏

## 沁园春·月夜渡江

粉月一规，雪浪千条，何其皓然。正稀微吴语，佛狸城下，参差楚火，胡豆洲边。忽听江楼，谁吹横笛，今夜鱼龙讵稳眠。推篷望见，秣陵似梦，瓜步成烟。　扬州更鼓遥传。记小杜曾游是昔年。奈迩来情事，鬓丝禅榻，当初况味，绿筝红弦。万古精灵，六朝关塞，都在蟂矶牛渚前。吾长啸、把一杯在手，好个江天。

——《陈迦陵文集》卷二十五

### 韩纯玉

韩纯玉（1625—1703），字子蘧，别号蘧庐居士，归安（今属浙江省湖州市）人。不求仕进。工诗。著有《蘧庐诗》。

### 蟂矶孙夫人庙

吴蜀纷争百战中，英雄儿女嫁英雄。
至今一片矶头石，不许江流直向东。

——《蘧庐诗》

### 沙张白

沙张白（1626—1691），原名一卿，字介臣，号定峰，一作沙白。江苏江阴（属无锡市）人。明崇祯间诸生。清康熙十一年（1672）再试秋闱不第，遂闭门著书终老。渡江访其族弟于濡须淹留最久。著有《定峰乐府》。

## 蟂矶山①

蟂矶矶矶截江路，汉帝灵宫隔云雾。母后神灵涛水怒，西川心事江南墓。君不见、秦晋交欢缔两雄，临书落笔惊曹公。如何即位成都日，不册夫人正六宫。②

——《定峰乐府》卷七

[注] ①《濡须六咏》之二，作者题注：上有庙，祀汉昭烈孙皇后，权之妹也，倪从庙记称夫人闻帝崩，登此山哀慕殒绝，遂葬焉，庙号灵泽。②作者自注：曰汉帝、曰母后，字字春秋书法，一洗诸葛入寇之谬。称帝后应立孙后，尤为发前人所未发。

## 梁佩兰

梁佩兰（1629—1705），字芝五，号药亭，晚号郁州，广东南海人。康熙二十七年（1688）进士。授翰林院庶吉士。工诗，善书画。与屈大均、陈恭尹并称"岭南三大家"。著有《六莹堂集》。

### 题蟂矶庙

四壁蛟龙气，朱旗日降神。
东吴无霸主，灵泽有夫人。

——《六莹堂二集》卷八

## 朱彝尊

朱彝尊（1629—1709），字锡鬯，号竹垞，秀水（今浙江省嘉兴市）人。康熙时举博学鸿词科，授检讨，曾参与编纂《明史》。"浙西词派"创始者。著有《曝书亭集》等。

### 金菊对芙蓉·蟂矶吊孙夫人

去国青蛾，持刀红粉，一时人物江东。叹扁舟初返，望断蚕丛。当年记得辞乡日，更几曲、烟水濛濛。锦车别后，当涂龙战，若个英雄。　遗庙贝阙珠宫。剩铢衣玉佩，梦雨灵风。甚三分鼎足，百尺艨艟。夕阳枫叶天无际，鸦翻处千叠云峰。门前系缆，沧州白发，闲杀渔翁。

————《曝书亭词集拾遗》

## 华长发

华长发（1629—1713），字商原，号沧江。无锡人。诸生。与秦沅善二人尝偕顾祖禹纂《方舆纪要》。有《沧江词》。

### 南乡子·枭矶吊昭烈夫人

遗庙祀江洲。红粉凋残土一丘。遥望瞿塘归梦杳。悠悠。不尽长江滚滚流。　何事赚荆州。鼎足三分志未休。铁索千寻烧断后。孙刘。一样降帆出石头。

————《沧江词》

## 屈大均

屈大均（1630—1696），初名绍隆，字翁山，又字介子，广东番禺人。与陈恭尹、梁佩兰并称"岭南三大家"。著有《翁山诗外》等。

## 蟂矶谒灵泽夫人庙

夫人，孙权之妹，汉昭烈皇帝后也。昭烈崩，问至，自沉蟂矶。

### 一

灵泽夫人死汉家，何殊二女殉重华。

瑶姬一自辞巫峡，精卫千年恨海涯。

国贼岂能分历数，天威犹自振褒斜。

永安哀诏惊闻日，飞泪应沾白帝花。

### 二

一逐长江下楚云，翠华望断泪沾裙。

少康兴日因姚氏，帝乙归时是女君。

花落锦城先生忆，月明瑶瑟逐臣闻。

徽称不愧同昭烈，终古蟂矶享紫芬。

——《翁山诗外》卷九　　167

## 殷德徽

殷德徽，女，安徽歙县人。生活在清代乾嘉时期，知县钱抚棠继室。著有《清映堂诗稿》。

## 孙夫人

中原得鹿孰能先？吴蜀连和国运绵。

失计紫髯甘事贼，伤心白帝竟宾天。

有生岂慰恩勤志，一死真教节孝全。

千载蟂矶遗恨在，云旗影里泣婵娟。

——《安徽名媛诗词征略》卷二

## 徐元文

徐元文（1634—1691），字公肃，号立斋。江南昆山（今属江苏）人。清顺治十六年（1659）进士。官至文华殿大学士兼翰林院学士。著有《含经堂集》等。

### 蟂矶吊孙夫人

生违剑阁辞椒寝，死恋蟂矶掩翟衣。

不葬吴山岂无意，千秋魂魄乐西归。

——《含经堂集》卷五

## 曹贞吉

曹贞吉（1634—1698），字迪清，一字升六，号实庵，安丘（今属山东省潍坊市）人。清康熙三年（1664）进士，官至礼部郎中，以疾辞湖广学政归里。著有《珂雪集》等。

### 芜阴观竞渡五绝句（其二）

千江如练迥无痕，彩鹢飞行捷似猿。

两岸万人方鼓掌，朱旛已自过蟂门。

——《珂雪集》卷一

### 金菊对芙蓉·和锡鬯蟂矶吊孙夫人

蜀国夫人，孙郎小妹，腰间龙雀刀环。叹东南人物，弱女登坛。锦帆摇曳江如练，望瞿塘道路漫漫。永安龙去，蚕丛梦杳，红粉凋残。 灵泽遗庙江干，有云车风马，雾鬟烟鬓。怅西风白帝，鸾驭难还。千寻铁锁消沉后，家何在、两地悲酸。千帆落照，渔歌唱晚，露白枫丹。

——《珂雪词》卷上

## 王士祯

王士祯（1634—1711），又名士正，字子真。一字贻上，号阮亭，又号渔洋山人，山东新城（今桓台）人。清顺治十二年（1655）进士，官至刑部尚书。著有《池北偶谈》《香祖笔记》《渔洋山人精华录》等。

### 蟂矶灵泽夫人祠二首

一

白帝江声尚入吴，灵祠片石倚江孤。

魂归若过刘郎浦，还记明珠步障无。

二

霸气江东久寂寥，永安宫殿莽萧萧。

都将家国无穷恨，分付浔阳上下潮。

——《渔洋山人精华录》卷十

## 宋 荦

宋荦（1634—1713），字牧仲，号漫堂、西陂，河南商丘人。清康熙间以大臣子入官，官至吏部尚书，加太子少师。著作颇富。著有《西陂类稿》《绵津山人诗集》等。

### 送袁士旦还芜湖

寒宵樽酒送将归，霜月胧胧照掩扉。

169

芜湖蛟矶庙历代题咏

▲
▲
▲

明发江乡寻旧隐，一间茅屋傍蟂矶。

——《西陂类稿》卷六

[注] ①题目系编者所改，仅录其一，原题：席上送袁士旦还芜湖同朱悔人洪昉思赋二首。

## 田 雯

田雯（1635—1704），字纶霞，号山姜子，山东德州人。清康熙三年（1664）进士，授中书舍人，官至户部侍郎。著有《古欢堂集》。

### 泊舟芜湖

蟂矶插江江水奔，老蟂截雾立江门。
斜阳石壁鸠兹转，细雨帆竿鲁港昏。
衔尾楼船沉铁锁，连宵渔火照枫村。
津亭半夜寒潮上，旅思劳薪不可论。

——《古欢堂集》卷十一

### 自皖归

轻烟柔橹皖城还，两岸寒花满目斑。
红叶已飘山四际，白云忽起树中间。
一行鸿雁蟂矶路，数片帆樯牛渚湾。
来往江乡二千里，几回临眺破愁颜。

——《古欢堂集》卷十一

## 熊赐履

熊赐履（1635—1709），字敬修，又字青岳，别号愚斋，湖北孝感人。清顺治十五年（1658）进士。官东阁大学士兼吏部尚书。著有《经义斋集》《澡修堂集》。

## 泊芜湖

鸠兹水邑荡青蘋，野市敲灯卖紫莼。

才过蟂矶休鼓枻，老蛟偏噬汨罗人。

——《经义斋集》卷十八

## 徐明弼

徐明弼，字子谐，号静庵，安徽芜湖人。清顺治进士。官至陕西提学佥事。著有《吹畦堂集》。

## 识舟亭

虚亭接戍楼，山色望中收。

钟度寒潮月，云移芳草洲。

白波千里舫，红叶一江秋。

灵泽如浮岛，依稀控上游。

——康熙《太平府志》卷三十九

## 登蟂矶

江空云净镜中流，香绕灵宫卜胜游。

水纳月痕栖晓殿，风邀帆影住春楼。

苍波日落急潮塞，翠壑烟开细草幽。

屐齿不辞闲眺望，伤心吴蜀故国秋。

——康熙《太平府志》卷三十九

## 孙毓节

孙毓节①，字嘉淑，山阴（今属浙江省绍兴市）人，清康熙九年
（1670）任芜湖县丞。

### 题灵泽夫人祠

片石阻吴涛，此日江山犹虎斗，落霞孤鹜脂双点；
孤峰遮汉月，当年风雨□螳吟，秋水长天镜一盘。

——康熙《螺矶山志》卷下

[注] ①《螺矶山志》仅录其名毓节，其姓阙如。

## 祝煇庭

祝煇庭，清代信州人氏，余不详。

### 题灵泽夫人祠

庙鼎湘娥，有梦不离江上水；
神随昭烈，思君犹似汉宫春。

——康熙《螺矶山志》卷下

## 孟璐

孟璐，清代北平人氏，余不详。

### 题灵泽夫人祠

义不更生，望峨嵋而陨涕，只缘一点忠贞，千载犹知拜国母；

势难独立，赴江渚而逆流，似此当年节烈，两家那个是英雄。

——康熙《螺矶山志》卷下

## 徐 釚

徐釚（1636—1708），字电发，号虹亭，江苏吴江人。清康熙十八年（1679）召试博学鸿词，授检讨。著有《南州草堂集》。

### 蟂 矶

祖传矶南有石穴，广丈余，为老蛟所居，其深叵测。

滩危波激矶中立，直接岷嶓万里潮。不见老蛟盘石穴，只凭飞燕点兰桡。轩窗河伯通珠阙，廉箔鲛人出绛绡。千载空传灵泽庙，徘徊巨浪锦江遥。①

——《南州草堂集》卷二

[注] ①作者自注：矶南有灵泽夫人庙，即吴大帝妹，蜀先主妃也。

## 周斯盛

周斯盛（1637—?），字屺公，浙江鄞县人。清顺治十八年（1661）进士，官即墨县知县。著有《证山堂集》。

### 蟂 矶

古庙临危石，灵风若涌幢。
魂犹依汉帝，地只过吴艘。
杜宇声难听，潜蛟气未降。
空余三峡水，春尽下岷江。

——《证山堂集》卷五

## 潘耒

潘耒（1646—1708），字次耕，又字稼堂，江苏吴江人。以布衣召试博学鸿词，授翰林院检讨。著有《遂初堂诗文集》等。

### 蛟矶孙夫人祠

仲谋真虎子，阿妹亦英流。

嫁与刘郎去，能令魏武愁。

恩乖缘两帝，魄毅自千秋。

借使生儿在，还如后主不。

——《遂初堂诗集》卷七

## 佟世思

佟世思（1651—1693），字俨若、又字葭沚，退庵，汉军正蓝旗（一作辽阳）人。任广西临贺、思恩县令。著有《与梅堂遗集》。

### 蟂矶庙

屹然如砥柱，一带古墙红。

水面秋钟亮，矶头殿宇空。

荻摇两岸雪，船定满江风。

莫问鹃号处，巴山烟雨中。

——《与梅堂遗集》卷六

## 田霡

田霡（1652—1730），字子益，号乐园，又号香城居士。山东德州人。清康熙二十五年（1686）拔贡生，官堂邑教谕。著有《鬲津草堂诗》。

## 蟂矶

危矶风过展灵旗，云是东吴帝妹祠。

到此胡由身便殒，当年惟有老蟂知。

——《鬲津草堂诗·南游稿》

## 王时宪

王时宪（1655—1717），字若千，号禊亭，江苏太仓人。清康熙四十八年（1709）进士，改翰林院庶吉士。著有《性影集》。

## 杂 诗①

蟂矶俨在目，风雨乱山岩，

不惊老蛟睡，安稳挂蒲帆。

——《性影集》卷七

[注] ①诗题原为"自金陵至芜湖道中杂诗十首，用'潮平两岸阔，风正一帆悬'为韵"，此乃第九首。

## 宋 至

宋至（1656—1726），字山言，号方庵，河南商丘人。清康熙时翰林院编修。著有《纬萧草堂诗》。

## 舟次芜湖有怀虞部先叔父

野鸭格格横江飞，波光浴日金星微。蒲帆饱张疾于箭，晚炊才

芜湖蛟矶庙历代题咏

罢来鸠兹。忆昔叔父此视榷，为政风流人争推。菊秋曾随连夜饮，醉后往往敲僧扉。旧游如梦不可得，凌虚酬唱真堪思。含悽独坐当日暮，樯灯渔火明蝼矶。

——《纬萧草堂诗》卷一

### 归舟杂诗①

灵泽夫人有废祠，萧萧风雨下鸬鹚。
门前白帝澄江水，卷送愁肠无尽时。

——《纬萧草堂诗》卷二

[注] ①《归舟杂诗》计十五首，此乃第十一首。

## 刘 源

刘源，字伴阮，大梁（今河南省开封市）人，官刑部主事，清康熙十七年（1678）任芜关榷使。

### 题灵泽夫人祠

幽贞埋片石，心依汉室，魂断蜀天，义同女史曹娥，共植千秋节孝；
灵泽洒长江，人庆安澜，家歌登稔，功并元君圣母，常留八极威神。

——康熙《蝼矶山志》卷下

## 虞兆清

虞兆清，字鉴斯，号岱渊，清康熙十八年（1679）进士，知四川綦江县事，授湖广道监察御史。著有《素业堂文集》《蜀行草》。

176

## 蟂矶孙夫人庙

孤盘峭磴俯寒空，帝耦神灵缥缈中。

岂有河山延汉鼎，尚留刀剑表吴宫。

三分城阙金陵月，百转帆樯鄂渚风。

断碣摩挲寻轶事，欲将信史续江东。[①]

——《樵李诗系》卷二十九

[注] ①原注：碣称汉主之姐夫人悼慕而殒。

## 孙继禹

孙继禹，徽郡（今安徽徽州一带）人，官户部主政，清康熙十九年（1680）与徽郡同人在芜湖西门索面巷创建新安文会馆（徽州会馆）。

### 题灵泽夫人祠

汉之广，江之永，静练漾东流，万派澄清回蜀锦；

沅有芷，澧有兰，香风恒陟降，千流裡祀重吴山。

——康熙《蟂矶山志》卷下

## 夏之时

夏之时，字人建，江苏盐城人，约生活在清康熙二十年（1681）前后。《蟂矶山志》校正。

## 咏灵泽夫人

### 一

自负名门第一流，故教玉殒傍矶头。

汉家俎豆存巾帼，谁道当年万斛愁。

### 二

楼阁参差接远烟，分明宫阙尚依然。

可怜三国全无主，底事江边听杜鹃。

——康熙《蟂矶山志》卷下

## 王朝翰

王朝翰，明人，生平不详。

## 蟂矶四言歌

翰己巳仲夏偕彦方洪君偶游蟂矶，见庙宇方计鼎新，询其所费。有乡耆黄嘉科、张时雨、王名臣告曰：丁卯夏仲，遭三王之封，过此，芜阴雷主恐扰赤子，默祷夫人愿无风雨，逗留刻期过江，果应其请。遂捐俸鸠工，焕然一新。遍观诸名公题咏，尽臻其妙，敬以四言纪其伟烈神灵，云：

江心岩石，名曰蟂矶。吞吐烟霞，掩映翠微。蟂矶羉来，托栖灵妃。烈烈芳魂，赫赫显微。庙貌聿新，千载瞻依。福国庇民，女主幄帷。邑侯莅此，莫不投祈。赞颂勒石，错落珠玑。往来士臣，徘徊吁歆。肃陈芜词，聊表神飞。

——康熙《蟂矶山志》卷上

**陶于乐**

陶于乐，字和鸣，别号霞冠道人，于湖（今安徽省芜湖市）人，明代隐士。

## 纪蟂矶

矶虽卷石，屹立波心，四水横流，孤帆旋向。余生也晚。犹得呼山灵一探蟂穴，无何东水扬波，西山连岍。原始当在万历辛卯壬辰数岁。余因纪事纪时，以为后之考古者证。

昔年孤崎砥中流，妃子楼台水上浮。往事不惊蝴蝶梦，回澜已作获花洲。麻姑漫道经桑易，我亦穷眸笑海秋。吴水吴山看代谢，江云江树醉轻鸥。

——康熙《蟂矶山志》卷下

## 秋日矶头拈韵偶联

岁己巳，邑叟黄思江、张霖寰、董工重修一新灵泽殿阁，秋日邀集矶头，时坐中振寰葛君纲和鸣陶君于乐拈韵偶联。

短发霞冠两鬓秋（陶），倾樽携手话沧洲（葛）。曾闻马踏金山迹，常忆舟旋矶渚楼（陶）。不定升沉天地老，还须空阔古今愁（葛）。狂吟又见规新色（陶），留与骚人写胜游（葛）。

——康熙《蟂矶山志》卷下

## 题灵泽夫人祠

山气偶分南北岸；

江声不断古今流。

——康熙《蟂矶山志》卷下

## 张　菁

张菁，字子翊，皖江一带人。《蟂矶山志》编次。

### 调寄谒元君第二体

叹英雄三国，事犹如昨。羡他才智风流，谋臣策士，如雨如云，到而今、孰强孰弱。莫笑抱恨滦江，红颜命薄。看生子仲谋，不如巾帼。问当年赤壁旌旗，虽曰有投鞭断流，威声振作。怎似今朝蟂矶石上，士女争先瓣香踊跃。只为立纲常，殉大节。故尔精灵灼灼，报赛祈求禋祀弗辍。　　世事从来难度。谩云老瞒魂销，徒传奸恶。即天生瑜亮，定吴归蜀。不数张辽，千载后有甚下落。堪怜铜雀春深，吴宫花草，此际谁家丘壑。最伤情处，望帝魂归，杜鹃啼血。更难慰此中寂寞。算来兴废亦平常，何如水心禅院，表为灵泽楼阁，又岂减永安宫阙。

—— 康熙《蟂矶山志》卷上

## 袁启旭

袁启旭（1693年前后在世），字士旦，号中江，安徽宣城人。师从王士祯，著有《中江纪年诗集》。

### 宿鲁明江望蟂矶

烟浪层层殿影摇，霜天明月静中宵。

英风不散夫人庙，一片灵旗卷暮潮。

—— 《中江纪年诗集》卷二

## 送沈员外榷关芜湖

频年蠲赈出朝端，关市讥深力未宽。

吴楚烟波愁估客，津梁风雨望郎官。

燕山雁度星轺远，灵泽蜃鸣水驿寒。

江畔茅堂洲畔月，漫凭旌节报平安。

——《中江纪年诗集》卷四

## 蔡玺

蔡玺，字甘泉，江南江宁人。清康熙三十九年（1700）进士，官瓯宁知县。

## 蟂矶孙夫人庙

魂伤巴蜀雪消时，岁岁东风哭子规。

近水芳春花易落，沉沙终古石难移。

悲衔白帝生暌隔，恨切苍梧死别离。

环佩不归清夜杳，月明无主照荒祠①。

——《清诗别裁集》卷十九

[注] ①原注：如此英女，而所遭不辰，家国两有遗恨，视乃兄之降曹，真可愧也。渔洋断句后，应推是篇。

## 杜诏

杜诏（1666—1736），字紫纶，号云川，学者称半楼先生，江苏无锡人。清康熙四十四年（1705）圣祖南巡，献迎銮词十三章，召试称旨，特命供职内迁，钦赐进士，改翰林院庶吉士。著有《云川阁集》。

### 蛟矶灵泽夫人庙

　　灵泽犹灵气，荒矶片石开，孙郎余霸业，小妹亦雄才。蜀道如天远，銮江为母来。杜鹃啼不住，望帝寸心灰。

——《云川阁集》卷四

## 黄　越

　　黄越，字际飞，号退思，晚号退谷。江宁府上元（今南京市江宁区）人。清康熙四十八年（1709）进士，钦点翰林院庶吉士，授检讨，世称黄检讨。

### 蛟　矶

**一**

行部雕舆出，登舟彗日升。

江心开石阁，空谷下云乘。

径转窥城邑，峰回拱帝陵。

喜今陪妙躅，相对话传闻。

**二**

城阙邻江县，菁莪瑞色分。

明江红浴日，赭塔翠蒸云。

鹤唳芝成亩，枭喧气作氛。

劳生何住着，踅此息尘粉。

——康熙《蛟矶山志》卷上

## 金以成

金以成，字素存，号补山，会稽人。康熙五十年（1711）进士，改庶吉士，授编修，历官兖州知府。著有《补山诗存》。

### 长江和友人韵

岷峨一注湿天根，禹力疏排信有神。
水气升腾朝日月，滩痕明灭认冬春。
蟂矶北望山如绣，牛渚东来泻作银。
多少帆樯争利涉，凭君指点斗间频。

——《晚晴簃诗汇》卷六十

## 顾嗣立

顾嗣立（1669—1722），字侠君，又字闾丘，长洲（今江苏省苏州市）人。清康熙五十一年（1712）赐进士，以散馆授知县。著有《秀野集》《闾丘集》《桂林集》等。

### 蟂矶灵泽夫人祠

仲谋岂是景升辈，元德差强孟德流。
梦雨灵风千古恨，平分一半与孙刘。

——《桂林集》卷八

## 陆　震

陆震（1671—1722），字仲子，号种园，兴化（今属江苏省泰州市）人。先祖宋代陆游，宋末元初，陆氏一支定居兴化。入清后，陆震三度科考失意，直到四十一岁绝意仕进，做塾师，务农活。陆震去世后，学生郑燮收集先师词作，于雍正六年（1728）刊刻《陆仲子遗稿》一卷。

### 沁园春·题胡二简乘风图①

眼底男儿，俶傥如君，屈指无多。记酒酣兴发，珊鞭倒挽，秋高马健，绣袑横驮。属客为图，索余题句，醉墨曾于盾鼻磨。今重见，又投来锦轴，惹我狂歌。　豪情一倍嵯峨。纵万里、还思瞬息过。似御风仙子，将游碧落，乘槎汉使，直犯星河。赤鲤汀边，老蟆矶畔，喷沫惊翻十丈波。燃犀照，见百灵趋拜，啸舞天魔。

——《陆仲子遗稿》

[注] ①原注：先曾为《题秋高试马图》。

184

## 田实发

田实发（1671—1736），字玉禾，号梅屿，安徽合肥人。清雍正八年（1730）进士，曾任山东、湖北同考官，徐州府教授等。著有《玉禾山人诗集》《绿柳亭词》等。

### 蟆矶孙夫人庙

千年遗庙与云平，瑟瑟黄芦绕径生。
槛外潮添菱镜泪，檐前叶堕翠钿声。
两重眉皱吴山绿，一点心随汉日明。
只好湘江寻伴侣，九嶷天远路纵横。

——嘉庆《无为州志》卷三十二

### 蟂矶孙夫人庙挂联

两重眉皱吴山绿；

一点心随汉月①明。

——《无为市古今楹联大全》

[注] ①月，一作日。此联摘自作者《蟂矶孙夫人庙》，全诗见
上文。

## 邵长蘅

邵长蘅（1673—1704），一名衡，字子湘，号青门山人，毗陵
（今属江苏省常州市）人。著有《古今韵略》《青门集》。

### 芜湖放船

日斜轻浪稳，放棹下蟂矶。

晴指三山近，风看五两微。

天浮远江去，鹭背夕霞飞。

薄暮闻沙雁，春风正北归。

——《青门簏稿》卷四

## 潘 果

潘果（1676—?），字师仲，江苏无锡人。清雍正元年（1723）进
士，官辰州同知。

### 蟂矶孙夫人庙

江神踏浪朝灵宫，灵宫夫人下幽穸。女官摜甲拥前后，宝刀烂

若银芙蓉。阿兄虎视霸南国，玉颜小妹饶家风。天教帝子作之偶，明珠斗帐藏真龙。赤壁战后老瞒惧，不敢南下驰艨艟。如何婚姻失前好，忍教与国连兵戎。臣服魏廷亦豚犬，仲谋那足称英雄？蜀帝复仇猇亭败，永安遗诏苍黄中。夫人有家归不得，九嶷梦断寻无踪。螺矶自沉灵魄在，于今遗庙留江东。庙中传芭女巫舞，报赛神鼓声冬冬。江流有尽恨无尽，疑有泪竹斑斑红①。

——《清诗别裁集》卷二十七

[注] ①仲谋降曹真不可解，两国连兵，不独蜀之遗恨失吞吴也。借题发出，见权有愧于其妹，一起如见夫人英武，一结想见夫人抱恨，玩其音节，得乐府《迎神曲》之遗。

## 朱 卉

朱卉（1678—1757），字草衣，初名灏，字凌江，安徽芜湖人。著有《朱草衣遗诗》。

### 螺矶孙夫人庙

碧瓦瑶窗水殿存，连天烟浪绿侵门。
啼残蜀帝余鹃血，望断王孙见草痕。
幕卷轻云春入梦，旐飘细雨夜归魂。
荪荃荐罢扁舟去，往事茫茫不易论。

——民国《芜湖县志》卷五十九

## 高凤翰

高凤翰（1683—1749），字西园，号南村，又号南阜山人，胶州（今山东省胶州市）人，清代书法家、画家、篆刻家，画史上常把他与"扬州八怪"并列，或列其中。曾任安徽绩溪知县，去官后留寓扬州。著有《南阜诗集》。

## 芜湖舟中同李啸村分赋得痕字

凌晨一棹出天门，小泊岩关雾尚昏。
芳树灵祠金粉画①，酒旗渔舍水云村。
箬帆绿重春江雨，沙岸黄添野涨痕。
且尽眼前好风物，向来踪迹不须论。

——《南阜诗集》卷四

[注] ①作者自注：隔岸为孙夫人祠。

## 严遂成

严遂成（1694—?），字崧占（一作崧瞻），号海珊，乌程（今属浙江省湖州市）人。清雍正二年（1724）进士，官山西临县知县，迁云南嵩明州知府，创办凤山书院。后起历雄州知州，因事罢，复以知县就补云南。著有《海珊诗钞》。

## 屵陵吊孙夫人①

紫髯将军都建业，西吞巴蜀东吴越。长江南北画鸿沟，要与曹瞒分汉室。区区鼎峙非其志，左公可以恩义结。筮得归妹昏媾之，天下英雄多好色。妹也女中一人杰，侍婢明妆剑环列。月下玉人谁复佳，凛凛戎机临虎穴。荆州借得作汤沐，割据幡然帝号窃。中宫正位吴夫人，妹乃徘徊中断绝。阿兄误我母则亡，刘郎薄幸心如铁。屵陵别筑卫以兵，兵败猇亭人不活。从此游魂无所归，泪洒湘妃斑竹裂。神弦鼓曲沉红丝，谁赴蟂矶寒食节。遗庙宵来风雨多，明珠步障声萧瑟。

——《海珊诗钞》卷九

[注] ①原注：孙夫人疑昭烈别筑城以居即此。

## 桑调元

桑调元（1695—1771），字伊佐，号弢甫，浙江钱塘（今杭州）人。清雍正十一年（1733）进士，官工部主事。后因疾归，主讲濂溪书院。著有《衡山集》。

### 芜 湖

南指孤帆疾若飞，芜湖绿岸辟郊扉。

家僮贪买新篘酒，行子思添故箧衣。

米价关心论贵贱，土风到眼习轻肥。

老蠙岁久无留影，还向沙头问旧矶。

——《衡山集》卷五

### 芜湖夜大雷雨歌叠韵

荒江风雨又一奇，春天巨浪喧空陂。神兵縦铮戛镔铁，龙宫砰磕敲晶璃。涨如海穴神鳅入，觺觺百怪躨跜集。邻船孛闻大缆断，樯倾舳仄吁何及。篷窗四面扃不开，盆翻冲泻黄篾埃。巨灵并力作气势，萍翳驱驾飞廉来。长年三老忧莫测，吴商越估涕频拭。如椽之炬顷刻灰，指掌不见天墨黑。嵯峨列舰高如山，铁锚轻宕江中间。狂沙乱奔蠙矶庙，危岸摇动芜湖关。我心默定涵元珠，翻波一任鱼龙趋。明看碧淑红亭在，万态惶惑归空无。吟游不知老将至，覆境平陂信天意。江行奈此惊险何，讵若陆海风涛多。

——《衡山集》卷五

## 张 湄

张湄，字鹭洲，号南漪，又号柳渔，浙江钱塘（今杭州）人。清雍正十一年（1733）进士，授编修。任台湾御史兼理学政，后任巡漕、云南御史。著有《柳渔诗钞》。

### 蝮 矶

水冷潜蝮落月昏，斑斑藓石杂涎痕。

夜潮远隔刘郎浦，愁煞江东列女魂。

——《柳渔诗钞》卷十

## 沈 心

沈心（约1697—？），初名廷机，字房仲，号松皋，仁和（今杭州）人。清雍正年间诸生。著有《孤石山房诗集》。

### 灵泽夫人庙

怪石棱棱倚半空，灵旗常飐大江风。

浮云影远当高座，明月情多照故宫。

自赴银涛魂不返，可因珠幛怨无穷。

湘妃千里遥相望，杜宇频啼苦竹丛。

——《孤石山房诗集》卷五

## 刘大櫆

刘大櫆（1698—1779），字才甫，一字耕南，号海峰，安徽桐城人。清副贡，官黟县教谕，与方苞、姚鼐齐名，是桐城派重要作家之一。著有《海峰诗集》。

## 蝂 矶

三国亡来久，夫人庙独存。

河山经百战，事业少中原。

惨澹南朝地，飘零蜀帝魂。

只今祠树上，晨夕野鸦喧。

——《海峰诗集》今体卷六

## 金 甡

金甡（1702—1782），字雨叔，号海住，浙江仁和（今杭州）人。清乾隆七年（1742）状元，官至礼部侍郎。著有《静廉斋诗集》。

## 识舟亭①

旅泊凭高一散愁，孤亭遥控大江流。

吴波不动老蛟卧，吹笛何人倚柁楼。

——《静廉斋诗集》卷一

［注］①作者题注：北望蝂矶。

## 全祖望

全祖望（1705—1755），字绍衣，号谢山，鄞县（今浙江省宁波市鄞州区）人。清乾隆元年（1736）进士，改庶吉士，授知县。著有《鲒埼亭诗集》等。

### 寒食前十日展谒先司空公墓夜宿山庄（三首录一）

青天白日先臣节，长水高山故国恩①。
犹有赐田环丙舍，敢将薄植玷清门。
虚堂几忆瞻云泪，老树深栖归鹤魂。②
永夕岂徒霜露感，螺矶手泽至今存③。

——《鲒埼亭诗集》卷二

[注] 原注：①太仓王文肃公题司空墓柱句也。②瞻云、归鹤皆庄名。③公题螺矶神祠四大字先和州公于万历中官江上奉埽。

## 帅家相

帅家相（约1705—？），字伯子，号卓山，奉新（今属江西省宜春市）人。清乾隆二年（1737）进士，官至浔州知府。著有《卓山诗集》。

### 芜湖赠别曾令①

留滞始一晤，亦知会面难。敢轻离别心，行役自不殚。稍稍申欸曲，劳劳致盘桓。有如浮萍合，聚散从无端。回眺俯大江，落日烟水寒。清飔一徐动，舟楫依微澜。逝将从此隔，执手生长叹。猥走务骈拇，委身斗危湍。不知冯夷宅，下有灵螺蟠。贝阙如可蹈，矢心求所安。无资照燃犀，不得穷谲观。倾堕薄馀事，正怜江海宽。宁知托吾子，再拜聆加餐。苦为风水虑，蛟虺慎与干。然疑甫间作，顾盼重辛酸。至谊今几人，吾宁甘弃捐。风波倦契阔，矧复追古欢。去去畴与道，喟然摧肺肝。

——《卓山诗集》卷五

## 王又曾

王又曾（1706—1762），一作右曾，字受铭，号谷原，秀水（今属浙江省嘉兴市）人。清乾隆十九年（1754）进士，由内阁中书改授刑部主事。与钱载齐名，在清诗中占有较高地位。著有《丁辛老屋集》。

### 晚登赭山望蠊矶癸亥

苍然远林际，微阳澹将没。望塔升岩椒，夕霏漾城阙。回首横大江，千山立如笏。削面生危矶，微茫但一发。石穴宅老蛟，浑波中汩㳰。千秋灵泽祀，足以镇嶙崒。南北昔割据，疆土日侵伐。孙郎人中雄，有妹亦英发。噩梦惊銮江，一哀遽埋骨。赤乌久湮沦，齐梁亦递歇。君看竹上泪，斑斑几时竭。何不配二姚，铲石刻双碣。孤啸落西风，寒潮迥难越。

——《丁辛老屋集》卷四

### 芜湖怀古二首（录一）

丹阳徐派占宣州，六代都矜此上游。但是英雄争王气，何曾割据到江流。稍看楼阁浮灵泽，尚有风云黯石头。惆怅湖阴诸侠少，还调旧曲谱箜篌。

——《丁辛老屋集》卷四

## 吴熻文

吴熻文（1706—1769），字璞存，山阴（今浙江绍兴）人。清雍正贡生。著有《朴庭诗稿》。

## 蟂矶灵泽夫人祠

万里风烟隔，刘郎奈若何。

执戈心迹苦，看剑泪痕多。

远道通巴蜀，轻身类汨罗。

浔阳潮上下，迎送听巫歌。

——《朴庭诗稿》卷四

## 钱　载

钱载（1708—1793），字坤一，又字根苑，号蒻石，又号瓠尊、万松居士，浙江秀水（今嘉兴）人。清乾隆十七年（1752）进士，累官至礼部左侍郎。著有《蒻石斋诗文集》。

## 蟂矶词①

肃肃回风江上秋，苍梧未解此离忧。

情忘儿女家初造，礼绝婚姻孰是雠。

白帝城遥云色暮，永安宫在月华流。

天心欲定三分鼎，特假参差作好逑。

——《蒻石斋诗集》卷四十

[注] ①原题"为焦仲卿妻刘氏作后复感成二首"，题注"己亥"，此其一，另一是《沈园词》。

## 范兆龙

范兆龙，字仰山，号荔裳，芜湖人。清乾隆十八年（1753）举人。官蒙城训导。

### 蛟矶怀古

风雨凄凉白帝秋，灵祠孤枕楚江头。

鼎湖髯堕三生泪，鲛室香埋万古愁。

遗恨英雄甘帝魏，伤心环珮尚依刘。

千秋正气输巾帼，生子何须羡仲谋。

——《皖雅初集》卷二十七

## 吴　湘

吴湘，字衡湘，别字素轩，山东沾化（今为滨州市辖区）人。清乾隆二十二年（1757）进士。曾任御史、吏科掌印给事中等职。

### 蛟　矶

194

溯流浮小艇，空里见楼台。

龙母何年宅，夫人昔日哀。

图荆终失计，为汉岂凡才。

浩渺情无极，江山豁目开。

——康熙《蛟矶山志》卷上

## 彭　灿

彭灿，生平不详。

### 蛟　矶

闻说蛟矶胜，披图识卧游。

江心浮碧椀，空里见蜃楼。

灵泽应钟秀，神山定匹俦。

狂澜俱到海，砥柱立中流。

——康熙《蝶矶山志》卷上

## 周 纲

周纲，太平人，生平不详。

### 蝶 矶

秋暮泛孤艇，秋风腥浪吹。

神栖灵古庙，扁旧起遗思。

龙去江空水，鸟飞月满枝。

濯缨亭下坐，归咏夕阳迟。

——康熙《蝶矶山志》卷上

## 朱统鏀

朱统鏀，明豫章（今属江西省南昌市）人，生平不详。

### 蝶 矶

江声鸣万里，蝶石起何年。

山出轻烟外，楼高宿霭边。

吴宫不可望，汉史尚相传。

感慨千秋意，临风一惘然。

——康熙《蝶矶山志》卷上

## 韦谦恒

韦谦恒（1715—1792），字慎旃，号约轩，又号木翁，安徽芜湖人。清乾隆二十八年（1763）一甲三名进士，授编修、翰林院侍读学士，后升布政使司护理巡抚印，国子监祭酒、补鸿胪寺少卿。著有《传经堂诗钞》。

### 题程上舍芜湖怀古诗后

见说鸠兹一舻轻，舵楼得句气纵横。灵风暮卷夫人庙，残照秋连阿黑营。壁垒半荒余画角，江流如旧绕孤城。无端又触羁人梦，不尽怀乡望古情。

——《传经堂诗钞》卷一

### 蛟 矶①

灵祠依片石，不尽水迢迢，环珮声何在，鱼龙气独骄。忆从风雨夜，一枕听寒潮。

——《传经堂诗钞》卷二

[注] ①该诗系《故乡杂咏》（十八首）的第三首。

### 灵泽夫人祠二首

一

东吴霸业竟全荒，赢得红颜有瓣香。
归妹当年真下策，寒潮终古恨周郎。

二

永安宫阙草萋萋，蜀道魂归路已迷。

最是春风听不得，年年犹有杜鹃啼。

——《传经堂诗钞》卷二

## 袁 枚

袁枚（1716—1798），字子才，号简斋，随园老人，浙江钱塘（今杭州）人。清乾隆四年（1739）进士，曾任江宁等地知县。辞官后，侨居江宁，筑园林于小仓山。著有《小仓山房集》等。

### 孙夫人庙

刀光如雪洞房秋，信有人间作婿愁。

烛影摇红郎半醉，合欢床上梦荆州。

——《小仓山房诗集》卷二

### 芜湖阻风六日喜诸故人毕至

芜湖贤士多相识，拟到芜湖留一日。何图舟阻石尤风，六日舟停行不得。故人闻信纷纷来，争携鲁酒谈齐谐。赭山亭边倚槛坐，蟂矶庙里剪波回。阻风领得嬉游趣，翻怕风来吹我去。但愿前途再阻风，都像留人在此处。梅岑弟子情更浓，朝朝闲话来舟中。祝风留我风不答，偷卷长帆当投辖。

——《小仓山房诗集》卷三十

## 吴 烺

吴烺（1719—1770？），字荀叔，号杉亭，安徽全椒人。敬梓子。乾隆时，以迎銮献诗被召试行在，赐举人，授内阁中书，官终宁武府同知。著有《杉亭集》。

## 蟂矶灵泽夫人祠

湘汉东流雪浪新，荒矶祠庙枕江滨。
衔鱼水鸟下庭榭，打鼓村巫陈渚蘋。
建业梦回津树晓，锦官魂断栈云春。
如何小沛屯兵日，只向生绡泣玉人。

——《杉亭集》诗四

## 张九钺

张九钺（1721—1803），字度西，号紫岘，湖南湘潭人。清乾隆二十七年（1762）举人。历任峡江、南昌等知县。后归里，主昭潭书院。著有《陶园诗文集》。

## 蟂矶灵泽夫人祠

鸠兹犹是汉山川，庙乐何殊蜀国弦。
步障明珠来嫁日，黄陵斑竹殉身年。
东归已分填精卫，西望终能拜杜鹃。
向晚灵旗飞撤撤，天风剑佩想魂旋。

——《紫岘山人诗集》卷六

## 赵 翼

赵翼（1727—1814），字云崧，一字耘松，号瓯北，阳湖（今属江苏省常州市）人。清乾隆进士，官至贵西兵备道。著有《瓯北诗抄》《瓯北诗话》。

## 蟂矶灵泽夫人庙

危矶俯插沧江水，一片贞魂招不起。相传鱼服凶问来，玉骨冰肌此中死。夫人生长吴宫中，刚猛绰有诸兄风。侍婢执刀婿懔懔，几笑大耳非英雄。归宁手自抱阿斗，亦见异母恩勤厚。独疑章武建号时，何不迎回册佳偶？伉俪殊无故剑情，刘瑁寡妻翻作后。得非房闼余威在，犹恐变故生肘腋①。我读蜀志搜异闻，沉渊轶事无明文。要知夫人性英烈，自有一死留清芬。猇亭师败闻应悸，况堪更洒崩城泪。生不能归蜀道难，此水犹从巴峡至。或者游魂可逆流，欲问永安宫里事。杜鹃啼罢血纷纷，白帝城高国土分。一样望夫身殉处，可怜悲更甚湘君。空江烟雨迷离合，还似苍梧日暮云。

——《瓯北集》卷二十

[注] ①作者自注：武侯云：主公在公安，近虑孙夫人变生肘腋。

## 钱大昕

钱大昕（1728—1804），字晓征，号竹汀，江苏嘉定（今属上海市）人。清乾隆十九年（1754）进士，授编修，历官少詹事、广东学政。五十岁即回籍，历主钟山、娄东、紫阳书院讲席。精研经史、金石、文字、音韵、天算、舆地诸学，考史之功，号为清代第一。有《廿二史考异》《潜研堂文集》等。

### 题蟂矶灵泽夫人像

一

油口初屯貔虎师，明珠步障记当时。
二乔得婿皆人杰，正统终输大耳儿。

二

一队新添娘子军，弓刀侍女总如云。

红颜亦有三分略，不独英雄是使君。

三

湘竹斑斑泪暗挥，蟂矶绝命是邪非。

永安宫阙知何处，不忍游魂过秭归。

四

古庙松杉水鹤鸣，画图仿佛见皇英。

蛾眉亭下如圭月，想与冰心一样清。

——《潜研堂文集》卷九

## 王文治

王文治（1730—1802），字禹卿，号梦楼，丹徒（今属江苏省镇江市）人。清乾隆二十五年（1760）探花，官翰林侍读，出任云南临安知府。著有《梦楼诗集》。

## 灵泽夫人祠歌

张莛亭观察重葺此祠，同人相与赋诗，余遂有此作。

皖江东下舟如箭，突兀蟂矶早迎面。夕阳仍是古江山，朝曦乍起新宫殿。侍女如云刀槊持，阿监护卫森威仪。夫人明妆照江水，有似深宫初嫁时。当时戎马纷驱驰，力争智取靡不为。降书终出紫髯客，失路谁怜大耳儿。垂老无端为赘婿，婚媾分明藏谲计。夫人进退成两难，青史何能达微意。布衣昆季殊常伦，报仇白帝弗顾身。东行孝直岂能阻，北伐武侯且缓伸。为吴为蜀空猜卜，民到于今心始服。万里应招杜宇魂，一声难效苍梧哭。我来拜奠椒浆绿，神弦竞奏迎神曲。笑杀菰芦遣女戎，转惜楼桑无艳福。三分筹策定隆中，五将飞腾战伐功。蜀汉千秋数人物，江天还有女英雄。

——《梦楼诗集》卷十九

## 顾光旭

顾光旭（1731—1797），字华阳，号清沙，又号响泉，江苏无锡人。清乾隆十七年（1752）进士，官甘肃凉庄道。著有《梁溪诗钞》。

### 蝫矶庙

朝行蝫矶畔，雾雾倏已沉。回风激颓波，中有烈女心。萧萧枫叶赤，湛湛江水深。昔者孙刘战，夫人义难任。一死两不负，流声满江浔。雌蜺澹寒日，雄剑鸣霜林。不测神灵意，但闻龙昼吟。龙吟复虎啸，环佩渺遗音。西南望白帝，万里结层阴。

——《响泉集》卷十二

## 姚 鼐

姚鼐（1732—1815），字姬传，一字梦谷，安徽桐城人。清乾隆进士，官刑部郎中，记名御史，历主江宁、扬州书院几四十年。桐城派重要作家，著有《惜抱轩全集》。

### 蝫矶灵泽夫人画像

一

婿维大耳紫髯兄，蝬首帷中与论兵。

英气不随兴废尽，危矶时蹙怒涛声。

二

中兴天子得成家，抚镜佳儿祀丽华。

原庙一颓霜露冷，不如蘋藻奠江涯。

——《惜抱轩诗集》卷十

## 彭绍升

彭绍升（1740—1796），字允初，号尺木，长洲（今江苏省苏州市）人。乾隆二十六年（1761）进士。著有《观河集》。

### 蟂矶孙夫人庙

玉佩云旗下碧穹，寒矶日落冷青枫。

贞心不梦荒山雨，浊浪常流古庙风。

降表忽闻传邺下，义师谁见定关中。

苍茫家国无穷泪，洒向空江怨吕蒙。

——《晚晴簃诗汇》卷八十八

## 赵良霭

赵良霭（1744—1817），字肃徵，号肖岩，安徽泾县人。清乾隆三十六年（1771）举人，六十年（1795）会试第三名，廷试授中书。嘉庆三年（1798）任广东主考官。以老引疾乞归后，掌教书院。曾任《旌德县志》总修，著有《肖岩文钞》《肖岩诗钞》等。

### 舟泊芜湖

赤铸山头落日横，云帆叶叶下江城。

寒潮直卷蟂矶没，夜火遥连牛渚生。

客路逢秋初听雁，狂歌捉月想骑鲸。

文章谢李高名在，望断烟波万古情。

——《肖岩诗钞》卷一

# 洪亮吉

洪亮吉（1746—1809），字君直，号北江，阳湖（今属江苏省常州市）人，祖籍安徽歙县。清乾隆进士，授编修。嘉庆时以批评朝政遣伊犁，不久赦还，改号更生居士。著有《洪亮吉集》等。

## 蝛矶夫人像为方廉使昂赋

一

庙门斜对石矶开，一日灵潮两度来。
好属锦鳞三十六，刘郎浦口寄书回。

二

识力居然轶辈群，卷中依约说三分。
二乔莫更夸夫婿，天下英雄只使君。

三

一舸翩翩下武昌，归宁以后史难详。
惠陵松柏如南指，尚认江东作婿乡。

四

越罗犹认嫁时衣，花草吴宫事已非。
只有杜鹃啼血夜，江声如哭撼危矶。

五

吴头楚尾路迢迢，家国多年恨未销。
咫尺望夫山上石，一般心事付江潮。

六

一赋惊鸿谤议腾，寓言词客本难凭。
洛川终古留遗恨，不及江波彻底澄。

——《洪北江诗文集》卷十九

203

芜湖蛟矶庙历代题咏 ▲▲▲

## 赵怀玉

赵怀玉（1747—1823），字亿孙，一字味辛，号牧庵、映川、栖园，江苏武进（今常州）人。清乾隆四十五年（1780）召试，赐举人，授内阁中书，官至兖州知府。著有《亦有生斋集》。

### 蟂矶夫人祠二首

一

谁向荒矶筑此宫，夫人真是女英雄。

两行分洒君亲泪，漾入江流西复东。

二

三峡窥吴悔已迟，永安遗命枉猜疑。

何如巾帼灵风在，千古行人酹一卮。

——《亦有生斋集》诗卷三十一

## 张云璈

张云璈（1747—1829），本姓陈，入继钱塘张姓，字仲雅，号复丁老人，海宁（今属浙江省嘉兴市）人。清乾隆三十五年（1770）举人，官湘潭知县。著有《简松草堂诗集》。

### 蟂矶夫人庙

蛾眉遗恨满江东，交到孙刘竟不终。

异国婚姻原寇敌，同时夫婿尽英雄。

传虚蜀志心难慰，祠冷吴天貌已空。

可惜输他姜氏智，未能谋遣晋文公。

——《简松草堂诗集》卷十九

## 汪学金

汪学金（1748—1804），字敬箴，号杏江，晚号静厓，镇洋（今属江苏省太仓市）人。清乾隆四十六年（1781）进士，授翰林院编修，擢中允、侍读、左庶子等。著有《静厓诗初稿》《静厓诗后稿》。

### 蟂矶夫人庙

依然女侍佩刀弓，飒爽神威肃閟宫。
帝子千秋存义烈，使君一世匹英雄。
独凭正气幽灵慑，合表精禋显号崇。①
毕竟二乔难媲美，枉将国色擅江东。

——《静厓诗后稿》卷四

[注] ①原注：时石君师议欲疏请褒封。

## 黄景仁

黄景仁（1749—1783），字仲则，又字汉镛，号鹿菲子，武进（今江苏省常州市）人。清乾隆四十一年（1776）召试二等，武英殿书签，例得主簿，后授县丞，未补官而卒。著有《两当轩集》。

### 灵泽夫人祠

空江落日黯祠门，仿佛云裳涕泪痕。
一恸无由恩已绝，两家多故事难言。
千秋杜宇休啼血，万里苍梧合断魂。
终古湘灵有祠庙，流传真伪更谁论。

——《两当轩集》卷二

芜湖蛟矶庙历代题咏

## 江上晓行

蟂矶俯蟂穴，晓作十里雾。我行忽入之，茫茫失归路。胶舟识浮沙，闻臭辨芳杜。岂无日轮照，仓卒不可度。江妃惨娉婷，汉女愁延伫。相望迷漫闲，何由蹑灵步。

——《两当轩集》卷五

## 倪良耀

倪良耀，字廉舫，号淡园，望江（今属安徽省安庆市）人。清嘉庆时曾官至江苏布政使。著有《香修仙馆诗集》。

### 过灵泽夫人祠

一

夫人遗庙此江涯，玉座灵旗故故斜。
日暮椒浆行客奠，江风开遍白蘋花。

二

黯淡愁云大泽横，永安宫远未分明。
年年巴蜀来春水，流到江东是恨声。

——《皖雅初集》卷十

## 黄钺

黄钺（1750—1841），字左田，号左君，安徽芜湖人。先世于宋末由徽州迁当涂，清顺治初年再迁芜湖。黄钺生于芜湖西门桥外升平桥。乾隆进士。历官礼部尚书、太子少保、户部尚书、军机大臣。著有《壹斋集》。

## 于湖竹枝词（五十录三）

### 三十九

报道浇矶水不浇，夫人遗恨溢江潮。

何缘道士传妖妄，宝帐珠帘媚老蟂。[①]

[注] ①原注：《入蜀记》："蟂矶在大江中，政和中赐名宁渊观。旧说蟂矶有蟂能害人，方郡县奏乞观额时，恶其名，又改曰浇，以矶在水中常为水沃也。"今北已近岸，不在江中矣。余儿时闻道士妄传孙夫人灵异，好事者争以镜奁床帷奉之。一日，道士晨起拂被，有大蛇腾去，自后灵异遂绝。

### 四十

蟂矶下院宁渊观，门对中江万里潮。

谁是梅仙泊舟处，浦鱼洲鹊观头桥。[①]

[注] ①原注：梅都观《离芜湖至观头桥》诗："江口泊来久，菰蒲长旧苗。争雏洲鹊斗，遗子浦鱼跳。"陆放翁《入蜀记》：蟂矶，政和中赐额宁渊观。以隔大江故，置下院于近邑，今濒河宁渊观是也。观桥反在观后，去江二里许矣。

### 四十一

矶头祠宇焕苍崖，楹帖相传句最佳。

一自梅梁承赐额，不须金字觅诗牌。[①]

[注] ①原注：蟂矶祀灵泽夫人，有集唐楹帖云："思亲泪落吴江冷，望帝魂归蜀道难。"为世所称，嘉庆元年，巡抚朱石君师请于朝，得赐"英灵惠济"四字额，悬于庙。《亭林集·蟂矶》诗 [二]："高皇事业山河在，留得奎章墨未枯。"自注："庙中有高皇帝御制诗

▲
▲
▲

金字牌一扇。"今不知遗失何处矣。

——《壹斋集》诗集卷七

## 拜谒螺矶灵泽夫人庙①

日者螺矶去，江明古观开。②
碑名惟我在，庙貌历年颓。
崇节承天锡，维风冀后来。
及秋禾稼熟，匠作莫迟回。

——《壹斋集》诗集卷三十七

[注] ①题目系编者所改，原题：嘉庆二年丁巳，芜湖绅士龙士彩等以螺矶灵泽夫人素著灵异，合词呈请安徽巡抚朱文正公奏乞封号。疏入报可旋准，礼部咨奉旨敕封徽号曰"崇节惠利"，扁额曰"英灵惠济"。越今道光十六年丙申巳四十年。五月二日，拜谒祠下，上雨旁风，渐有不蔽之势。陈请十二人，今惟铖在，义当言于有司，谋重新之。②原注：宋为宁渊观。

## 灵泽夫人庙工竣诗以落之二首①

### 一

兹山实孤所，战鸟自桓公。
宋有宁渊观，时为羽士宫。
夫人传轶事，大节殉江东。
有举莫敢废，褒封两代崇。②

### 二

太守来何莫，崇祠不日成。
颂声起商旅，神听亦和平。

矶水分吴蜀，江风管送迎。

灵庥何以答，椒糈致精诚。

——《壹斋集》诗集卷三十七

[注] ①题目系编者所改，原题："昨谒灵泽夫人庙，叹其倾圮，言于摄芜湖关道、宁国太守宋君国经出金修之。阅五月工竣，诗以落之。"原作并于题后补记："按《方舆纪胜》：战鸟山在芜湖县西南五里大江中，旧名孤所山。相传，桓温镇姑孰时，常屯兵于此。夜中闻宿鸟惊啼，温疑为官兵至，故名。今芜湖大江西南别无他山，则所指当即蟂矶。然则浇矶旧名孤所，至晋时为战鸟。浇之名，疑起于唐宋间。放翁《入蜀记》：'浇矶有道士结庐其上，政和中赐名宁渊观。旧说，蟂矶有蟂能害人。方郡县奏乞观额时恶其名，因曰矶在水中，水常沃石，故曰浇矶。'孙夫人事不载于史，辨者众矣。而捍灾御患则祀之。故老传闻必有所自，且又安知非史臣尊蜀黜吴，所载失实耶？附议于此。"②原注："《亭林集·蟂矶》：'高皇事业山河在，留得奎章墨未枯。'自注：'庙中有高皇帝御制诗金字牌一扇。'今不知遗失何处矣，惟神座上有洪武宝诰，似非其旧。"

## 咏蟂矶二首

### 一

曾为帝室非凡配，生抱孤愤死亦雄。

霜骨藏真瀛海地，玉颜浮霭水晶宫。

鱼龙下避潜蟂老，楼阁遥瞻结蜃工。

英爽凭凌能泽物，甘霖时祷著神功。

### 二

晓风仙驭入琳宫，顿觉尘烦一洗空。

石藓坐来衣染翠，天花雨后榻留红。

209

芜湖蛟矶庙历代题咏

谁怜白发归王粲，欲付金丹问葛洪。

三岛十洲何处是，楼台缥缈水云中。

——康熙《蛾矶山志》卷下

## 沈 纕

沈纕，女，清吴县（今属江苏省苏州市）人，字蕙孙，号散花女史，又号玉香仙子。教授沈起凤女，诸生林衍潮妻。著有《绣余集》《翡翠楼诗文集》《浣沙词》。

### 题二乔观兵书图

舳舻焚尽仗东风，应借奇谋闺阁中。

曾把韬钤问夫婿，谁言儿女不英雄。

阴符偷读妨描黛，绣帏双开见唾绒。

一十三篇劳指授，蛾矶余烈本吴宫。

——《晚晴簃诗汇》卷一百三十九

## 孙原湘

孙原湘（1760—1829），字子潇，号心青，昭文（今属江苏省常熟市）人。清嘉庆十年（1805）进士，改庶吉士，充武英殿协修。著有《天真阁集》。

### 蛾矶灵泽夫人祠

漫认鸳鸯是两雄，银刀如雪洞房中。

能驯夫婿蛟龙气，未脱诸兄狮虎风。

赵姊无家恩已绝，湘妃有国梦难通。

此心可照江流水，羞并怀嬴入晋宫。

——《天真阁集》卷二十九

## 曾　燠

曾燠（1760—1831），字庶蕃，号宾谷，南城（今属江西省抚州市）人。清乾隆四十六年（1781）进士，官至贵州巡抚。著有《赏雨茅屋诗集》。

### 蟂矶灵泽夫人祠

英雄意气那能平，儿女区区事易轻。

赤狄未闻归季隗，晋文终竟纳怀嬴。

临江一片渐台石，望帝千春杜宇声。

地下相从谁最近，惠陵遥瞩不胜情。

——《赏雨茅屋诗集》卷三

### 荻港大风

我舟缆定时复掀，邻舟左右相轻轩。舟中之人声乱喧，昨系垂杨今拔根。涨深没过前沙痕，亟加长缆牵高原。高原试上风吹裈，冷气直欲排春温。山木尽亚烟霄昏，雪花滚滚江倒翻。荡荡势将隘乾坤，板子一矶吐复吞。有如波心拜风豚，又如出没蛟与鼋。江神此际朝天门，冯夷击鼓扬旌旛。蟂矶牛渚百怪奔，凭藉风威以自尊。窈愁圻岸崩山村。不然黄公旧精魂，怒气为此如伍员。

——《赏雨茅屋诗集》卷十二

## 刘嗣绾

刘嗣绾（1762—1820），字醇甫，又字简之，号芙初，阳湖（今属江苏省常州市）人。清嘉庆十三年（1808）会试第一，廷试改翰林庶吉士，授编修。著有《尚絅堂集》。

### 蛟 矶

一

铁锁千寻壮，危矶一片孤。

不知矶下浪，恨蜀恨东吴。

二

雪浪涌帆樯，推篷一望乡。

乡心潮并落，不肯上浔阳。

——《尚絅堂诗集》卷十三

### 蛟矶灵泽夫人庙

一死更无地，潮生终古吞。

灵蜣空饮血，杜宇未归魂。

君国生前别，江天战后昏。

夫人留庙号，正统到今尊。

——《尚絅堂诗集》卷二十四

## 金之鹏

金之鹏，字北鲲，号木田，安徽无为人，约生活于清嘉庆之前。著有《梅花书屋诗集》。

## 蟂矶谒灵泽夫人庙

一瓣香焚圣母炉，三分往事为踟蹰。

不将铁甲搜铜雀，空遣苍头问赤乌。

孤屿月明终忆汉，灵旗风满不归吴。

门前万里巴江水，流尽当年恨也无。

——嘉庆《无为州志》卷三十二

## 题灵泽夫人祠①

孤屿月明终忆汉；

灵旗风满不归吴。

——《无为市古今楹联大全》

[注] ①此联摘自作者《蟂矶谒灵泽夫人庙》，全诗见上文。

# 刘　寅

刘寅，字敬存，号计亭，清嘉庆前人。著有《踵息轩诗集》。

## 蟂矶庙

仲谋拜表曹瞒笑，惭愧夫人义烈多。

此土莫言非死所，江南原是汉山河。

——嘉庆《无为州志》卷三十二

# 严可均

严可均（1762—1843），字景文，号铁桥，乌程（今属浙江省湖州市）人。清嘉庆五年（1800）举人，授建德县教谕。文献学家、藏书家，著有《说文声类》《铁桥漫稿》。

## 螺矶灵泽夫人祠行

平明发帮射蛟浦，半日浔阳江上风。螺矶居然到我眼，倚江片石青茸茸。明珠步障入想像，村巫社鼓声丁冬。灵旗恍惚宰木古，神鸦衔过山花浓。猗昔炎精遭丧乱，乃兄虎据江之东。掎角刘宗烧赤鼻，欲仗归妹驯蛟龙。家国大事两决裂，夷陵营火通天红。狐子裘来蜀锦碎，非巾帼手能弥缝。夫人具挟丈夫气，慷慨一死明其衷。江神踏浪佩环湿，英娥窈窕心相从。泪落凄其甘露寺，魂归怅望永安宫。白帝江声五千里，愁云苦雾何终穷。

——《铁桥漫稿》卷一

## 钱孟钿

钱孟钿（1765—1820），女，字冠之，号浣青，清武进（今属江苏省常州市）人。著有《浣青诗草》《鸣秋合籁集》。

## 读史偶成

读史弗穷理，泥古辞易谬。炎汉四百年，尺土皆封堠。胡云当涂高，正统反相授。堂堂司马公，乃书亮入寇。朱三亦继唐，此弊孰为救。青史不足凭，挂一乃万漏。悲风螺矶岸，空江泻寒溜。望帝魂不归，啼痕寄猿狖。嗟无两舟米，不得纪蜀后。①

——《浣青诗草》

[注] ①原注：《三国志·后妃传》缺螺矶夫人。陈寿索丁仪米两船，仪靳之，遂不为其父立传，故云。

## 彭兆荪

彭兆荪（1768—1821），字甘亭，一字湘涵，镇洋（今属江苏省太仓市）人。清道光三年（1823）举孝廉方正。著有《小谟觞馆诗集》。

### 蟂矶灵泽夫人祠十二韵

片石灵祠在，三分霸业残。卷旗风猎猎，摇佩玉珊珊。势已成吴蜀，攸空相蹴韩。吉仪乖反马，倦侣毕乘鸾。金幄刀光歇，明珠步障寒。卦虚归妹卜，山作望夫看。婚媾仇雠启，君亲去住难。绸缪恩断绝，家国事辛酸。魄定侪精卫，宫长恋永安。湘娥情怅惘，杜宇泪芄兰。溪女羞蘋白，荆巫荐荔丹。刘郎浦边月，应照水回澜。

——《小谟觞馆诗续集》卷二

215

## 查 揆

查揆（1770—1834），又名初揆，字伯揆，号梅史，浙江海宁人。清嘉庆九年（1804）举人，官至顺天蓟州知州。著有《筼谷文集》。

### 蟂矶灵泽夫人庙

呜咽嘉陵水，迢遥白帝城。
容刀原自古，故剑转无情。
绣障三生影，灵旗小队兵。
湘娥余怨慕，弹作杜鹃声。

——《筼谷诗钞》卷十七

## 陈文述

陈文述（1771—1843），字隽甫，号云伯、退庵，浙江杭州人。清嘉庆五年（1800）举人，官昭文、全椒、繁昌等知县。著有《颐道堂集》。

### 阿禣曲和赵璞函娵隅集中作

东寺花幢梵声起，马蹄逸矣平章死。千秋遗恨泣韶颜，一片清泠桥下水。段家九叶擅雄才，亲为梁王百战来。已见红军归蜀道，俄闻玉女降秦台。秦台明月夜当午，烛暗双花闻笑语。苍山岚暖郁朝云，洱海波春蒸暮雨。雨云暮暮复朝朝，翠被浓香梦不消。甲帐健儿横铁笛，丁帘侍女按璃箫。甲帐丁帘行乐地，鱼腹有人传锦字。鸳鸯独宿亦无憀，屏帷春雨悲捐弃。七星关外认归程，旧侣难忘故剑情。孤坐肉屏听铁立，果然小别抵三生。碧鸡金马无传箭，重来只为新婚恋。方幸蛾眉百岁齐，谁知雀胆中宵变。愿共双飞返故林，夜深苦口说丁宁。可怜儿女更番劝，争奈英雄不肯听。来朝闻变惊魂碎，黄泉虽誓身难代。佛塔烟中哭鬼雄，蟂矶心事真无奈。云片波潾吊影孤，雁门梦断泣呜呜。从臣更惜杨渊海，灵草难寻押不芦。西师重袭仍难制，呼救空劳走书币。虎子难堪此日言，狙公应悔当年计。已卜天心眷建康，眼看走死笑梁王。菜坪华岫知何处，春草残基吊夕阳。玉案山平险难控，花暗银棱亦如梦。南征望重颍川侯，不容故事依唐宋。只有僧奴志不移，复仇心事托题诗。至今金齿江山外，尚有乌蛮说绣旗。

——《颐道堂集》诗选卷三

### 芜湖晓发

晨霞晃澄江，雾色漾明皓。沙头喧估舶，津鼓催行早。此地古鸠兹，吴楚有城堡。山色郁苍苍，江声流浩浩。对面蟂矶祠，金碧丽蓬岛。归魂招白帝，艰难悲蜀道。中流望翠巘，白云闲亦好。轻舟互来往，各趁长风饱。乃知江海宽，不见帆樯扰。望望天门山，双蛾淡初扫。

——《颐道堂集》诗选卷七

## 蟂矶庙灵泽夫人祠

青山如黛晚苍苍，玉殿深松隐夕阳。
蜀道无家悲望帝，湘宫有泪泣娥皇。
秋潮江水旌旗远，夜月虚堂剑佩凉。
欲问永安何处是，峨岷西接暮云长。

——《颐道堂集》诗选卷七

## 江行杂诗和犀泉作（录一）

归魂万里蜀鹃啼，暗雨连天湿翠旗。
今日隔江先酹酒，青山一发是蟂矶。

——《颐道堂集》诗选卷七

## 陆继辂

陆继辂（1772—1834），字祁孙，一字修平，江苏阳湖（今常州）人。清嘉庆五年（1800）举人。官合肥县训导，江西贵溪知县。著有《崇百药斋文集》。

## 蟂矶夫人祠

余火翻资敌，沈渊岂殉名。文偏良史阙，恨未暮潮平。忆昔宁亲急，微伤去国轻。何图椒寝建，不暇鞠衣迎。古道蚕业远，讹言鹤唳惊。家门惭九锡，兵法误连营。忠节兼臣妾，恩仇付舅甥。重滋湘竹色，忍听杜鹃声。为感黄陵庙，兴怀白帝城。流虹虚子贵，梦月兆辰嬴。讵泄谋桑语，都忘就木盟。神伤蒋侯妹，骨谢汉家茔。正统名原在，偏安势竟成。兴旺前代事，伉俪百年情。旮影遥山蠈，刀光夕照横。搴兰遗下女，心薄辚尘生。

——《崇百药斋三集》卷一

## 吴荣光

吴荣光（1773—1843），字殿坦，一字伯荣，号荷屋，晚号石云山人，广东南海（今广州）人。清嘉庆四年（1799）进士，官至湖广总督。著有《石云山人诗集》等。

### 蟂矶夫人祠

大江西接蜀川奔，怅望君王几度恩。

弓剑夜归桑盖影，珮环朝拜杜鹃魂。

刘郎浦在云先冷，白帝城遥日已昏。

此水滔滔家与国，谁从啼血认潮痕。

——《石云山人诗集》卷十二

## 梁章钜

梁章钜（1775—1849），字闳中，又字茝林，晚号退庵，长乐县（今福州市长乐区）人。曾任广西、江苏巡抚等职。清代第一个向朝廷提出以"收香港为首务"的督抚。晚年从事诗文著作，乃楹联学开山之祖。著有《退庵诗存》《楹联丛话》等。

## 蠔矶孙夫人庙

忆过石首路，艳说绣林铺。

瞥指红墙畔，依然白浪粗。

雌雄陈迹杳，家国夕阳孤。

只有长江水，滔滔总到吴。

——《退庵诗存》卷十

## 胡承珙

胡承珙（1776—1832），字景孟，号墨庄，安徽泾县人。清嘉庆十年（1805）进士，官至补台湾兵备道。归里后，闭门著书，著有《求是堂诗集》等。

## 大风登赭山望江亭

东风吹绿一江水，波面纹如酒鳞起。山根历乱飞白茅，春寒尚勒梅花梢。连日寻春醉不醒，一路看江到山顶。岂知断渡风忽颠，江南江北无行船。波心恶浪白于鹭，潜吼如闻老蛟怒。惊沙百尺漫空飞，天门苍苍隐烟雾。回看宿鸟投深林，落日离心满乡树。敝裘不敌天风寒，何事抛家傍行路。云涛东下广陵城，明日峭帆从此去。

——《求是堂诗集》卷五

## 张 澍

张澍（1776—1847），字寿谷、时霖，号介侯，甘肃武威人。清嘉庆四年（1799）进士，曾任贵州、四川、江西等地知县。著有《养素堂诗集》等。

## 蟂矶吊灵泽夫人

归去屦陵剩旧城，刘郎免得暗心惊。

如何龙驭三秋谢，也见蟂矶一死轻。

惨澹灵风依蜀栈，汹漂逝水冷吴盟。

泉台若遇皇思面，不恨阿娘恨乃兄。

——《养素堂诗集》卷二十二

## 刘鸿翱

刘鸿翱（1779—1849），字次伯，山东潍县人。清嘉庆十四年（1809）进士，官至福建巡抚。著有《绿野斋前后合集》。

## 差次芜湖谒灵泽孙夫人祠

鲛室龙宫葬玉凫，汉家王气日西徂。

峡云直去犹通蜀，江水横流不向吴。

精卫何年填巨壑，湘灵终古怨苍梧。

永安宫在蚕丛外，万里关山得到无。

——《晚晴簃诗汇》卷一百二十一

## 张聪咸

张聪咸（1783—1814），字阮林，一字小阮，号傅崖，桐城（今属安徽省安庆市）人。清嘉庆十五年（1810）举人，著有《左传杜注辨正》《经史质疑录》《傅崖诗集》等。

## 舟过芜湖

寒江塔影挂云孤，片席东飞晓入吴。

激石蟆潜收浪静，捕鱼鹰疾趁风呼。

灵墟山远朱霞断，梦日亭高白草芜。

莫望靖南征战处，空留祠庙枕于湖。

——《傅崖诗集》

## 杨庆琛

杨庆琛（1783—1867），榜名际春，字廷元，号雪椒，晚号绛雪老人，侯官（今属福建省福州市）人。清嘉庆二十五年（1820）进士，历任刑部河南司主事、安徽宁池太广道、湖南按察使、山东布政使等。著有《绛雪山房诗钞》。

### 题灵泽夫人祠①

一

空江蘋藻祀灵泽；

故国松楸梦惠陵。

——清梁章钜《楹联丛话》

[注] ①题于大门，门额"灵泽夫人祠"。《楹联丛话》评："其妙皆在不著议论，而自然雅切也。"祀：《楹联丛话》作"祠"，疑"祀"误。

二

尚节贞操传千古；

香烟缭绕供万家。

——《三国女子图鉴》

## 三

联吴蜀亲，结吴蜀仇；千古奇人，千古奇事；

感郎君情，尽郎君节；一心为义，一心为贞。

——《无为市古今楹联大全》

## 四

思归，思归，空自思归；我将奈何，蜀道可怜天子；

独活，独活，义难独活；人谁不死，吴江留得灵仙。

——《无为市古今楹联大全》

## 五

郎志图曹，妾身属汉；忆昔日束装旋返，慷慨西行；漫云儿女情长，英雄气短；

兄思绝蜀，妹敢忘吴；想当年设计赚归，仓皇东去；从此望穿秋水，梦绕湘云。

——《无为市古今楹联大全》

## 孙正铨

孙正铨，清末人，曾任徽宁广军备道。

### 题灵泽夫人祠

毕竟阿兄生负汉；

何如之子死依刘。

——《无为市古今楹联大全》

## 陈理堂

陈理堂，清学博，余不详。

### 题灵泽夫人祠

江流终古分荆楚；
蜀道如天隔死生。

——《无为市古今楹联大全》

## 黄　钊

黄钊（1787—?），字谷生，号香铁，河南镇平（今属南阳市）
人。清嘉庆二十四年（1819）举人，官翰林院待诏。著有《读白华
草堂诗集》。

### 蟂矶夫人祠

江畔灵均不可寻，那堪灵泽望江浔。
销魂水调苍梧引，搅梦涛声白帝砧。
闻道蜀鹃皆怨魄，岂知精卫亦冤禽。
寒潮落日祠门暗，回首东吴恨转深。

——《读白华草堂诗初集》卷一

## 顾　慈

顾慈，女，字昭德，清无锡人。有清道光六年（1826）刻本《韵
松楼诗集》。

## 永安宫怀古

生子当如孙仲谋，景升儿子豚犬俦。天生使君续炎汉，英雄盖世谁与侔。惜哉阿瞒东下日，力弱未能收荆州。遂令紫髯得窃取，从此争夺成衅仇。关张无令既先陨，帝乃震怒兴戈矛。猇亭一役叹蹉跌，六飞此地曾淹留。手书遗诏付丞相，惟贤惟德真嘉猷。千年故址委榛莽，空山落日行人愁。东望蟂矶数千里，江水汤汤日夜流。

——《韵松楼诗集》

## 罗辛渭

罗辛渭，字正朋，晚清衡山（今湖南省衡阳市）人。

### 蟂矶（残句）

矶上水流无限恨，空江潮打美人魂。

——《民权素诗话》

## 张之纯

张之纯，字尔常，一字二敝，号痴山。清光绪庚子（1900）恩贡，安徽直隶州州判。著有《叔苴吟》《听鼓闲吟》等。

### 芜关元旦口占二绝①

一

我留皖国子归吴，客里情怀分外孤。
不识椒花新颂献，举杯忆及旅人无。

## 二

万千爆烛破清寥，积雪皑皑冻木萧。

闲立临江亭上望，听人评论拜年潮。②

——《江上诗钞》

[注] ①题目编者所改，原题：芜关元旦，用渔洋蝼矶灵泽夫人祠韵，口占二绝，寄怀悄斋。乙丑。②原注：土人云：今岁拜年潮甚小。

## 张际亮

张际亮（1799—1843），榜名亨输，字亨甫，号松寥山人，福建建宁（今属三明市）人。清道光十五年（1835）举人。著有《思伯子堂诗集》。

225

### 蝼矶孙夫人庙

恍惚刀环拥翠旗，千年遗恨泣蛟螭。

湘江有路从虞后，杞国无文谥叔姬。

岁暮烟波寒鹢首，夕阳山色送蛾眉。

殷勤手采霜蘋荇，矶畔灵风飒飒吹。

——《思伯子堂诗集》卷二

### 芜湖别雪椒观察五十韵

慕道悔不坚，虚名恨太蚤，致谤匪无由，冉冉恐将老。平生旧亲爱，几人送怀抱。辱公于我厚，忘分屡倾倒。别来述所闻，忠告而善道。顾余虽贱愚，岂敢自弃暴。古闻刚则折，干莫未为宝。江河万里流，孺子狎潢潦。兰艾忌同生，邢尹必相媢。知几愧明哲，往事重懊恼。大府采文献，使者荐张镐。马卿特雍容，兔园半赢氂。谈笑有猜疑，倾轧无朋好。骂坐传灌夫，书空谓殷浩。曾参能杀人，不疑乃为盗。遂使师门知，始终已难保。死去复谁明，悲来只自悼。诗人恶青蝇，骚人感芳草。众人何是非，爱憎随臆造。道涂互听说，琐屑如里媪。忆昔北游燕，群畏南方獠。过情耻声闻，尚志颇孤傲。当时两巨公，文战树雄纛。自许韩昌黎，网罗遍郊岛。余本山野性，谣诼倏纷腾，摧抑转高蹈。不解媚奥灶。无实貌敬恭，去之迹如扫。作书绝巨源，致死任王导。几成洛蜀党，不为牛李报。至今多侧目，何年息群噪。方公宦京华，怜我每覆冒。归嫌哗流言，久欲与奔告。乍逢群舒地，雨雪相慰劳。壮气吐虹霓，敝裘对旌旄。狂奴态犹故，范叔寒始燠。醉歌扬去帆，水冥天颢颢。蟂矶北风恶，五日困寒隩。水散蹴长空，飞驰万骑到。孤篷缩首坐，闭塞卵在抱，公来更授餐，微婉申诚诰，登舟送远行，再三若论讨。仁者春满胸，吹嘘长枯槁。不材惭薄植，培覆信苍昊。悠悠当世情，变幻不可考。但看诋毁私，固知金石贞，不畏铄火燥。公怀自恺恻，余意岂桀骜。僧孺庇杜牧，洒泣忧心捣。终当戒伤春，且复慎投缟。

——《思伯子堂诗集》卷二十一

## 王安修

王安修，初名文治，字后村，安徽歙县人，清诸生。著有《后村诗集》《吴越游草》。

### 前明黄将军歌

金陵王气归何许？渡江一马化为鼠。无愁日日醉深宫，跋扈人人开幕府。忠勇争推黄虎山①，百战威名震吴楚。蟂矶授命鬼神惊，虎山虎山真如虎。缅维江夏多奇人，更有新安伯修甫。早掇巍科恩遇深，皇帝曰予有御侮。拜官几日国旋亡，勤王有志人共睹。建牙京口望中兴，生不逢时将奚补。靳王一去江空流，波光惨淡悲桴鼓。权臣在朝功鲜成，长使英雄泪如雨。栋折榱崩大厦倾，空怜腐木相撑拄。崎岖万里早见机，蕴义怀贞思远举。衡山何必非西山，托钵采薇亦独苦。一弹指顷见沧桑，猿鹤沙虫何足数。掀髯一啸洞庭波，啸罢凄然怀故主。回首龙髯杳莫攀，关心马鬣劳区处。由来忠孝贯儒释，佛法无多谁领取？古人殉国各有道，或死或生何龃龉。虎山死与方景齐，伯修生与雪庵伍。生死不同同自靖，两黄将军并千古。君不见、石铸愁云暗江渚，青衣肉袒面如土，花马何心争拜舞。呜呼，两黄将军并千古。

——《晚晴簃诗汇》卷六十三

[注] ①原注：黄得功，字虎山。

227

## 王寿庭

王寿庭（约1805—1850），字养初，江苏吴县人。著有《吟碧山馆词》。

### 满江红·蟂矶灵泽夫人庙迎神词

笙鹤遥天，盼一朵、飞下彩云。声呜咽、暮潮千载，常伴琼魂。雁外青山连夏口，猿边红树隔夔门。料往来、家国恨难忘，眉暗颦。　神弦奏，芳藻陈；降霓旆，驻飚轮。听蜀鹃啼处，泪落清樽。大小乔非奇女子，英雄婿是左将军。拥宝刀、犹想汉时妆，飘绣裙。

——《吟碧山馆词》

芜湖蛟矶庙历代题咏

## 贝青乔

贝青乔（1810—1863），字子木，号无咎，江苏吴县（今属苏州市）人，诸生。鸦片战争时，参与收复宁波、镇海、定海征战，曾深入宁波城探听敌情。著有《咄咄吟》《半行庵诗存稿》。

### 蛟矶孙夫人祠

片石江干奠绣鬓，依稀步障旧珠明。

恸余灵泽归无妹，借去荆州馆有甥。

身殉难消家国恨，师婚早误蜀吴盟。

刘郎浦下东流水，直到祠门不肯平。

——《半行庵诗存稿》卷五

## 史梦兰

228

史梦兰（1813—1898），字香崖，号砚农，直隶乐亭（今属河北省唐山市）人。清道光二十年（1840）举人，曾官山东朝城知县。长于史学，著有《叠雅》《畿辅艺文考》《尔尔书屋诗草》《舆地韵编》等。

### 孙夫人

步障明珠事渺茫，夫人归国翠帏凉。

江东侍婢迎郎日，犹记刀光满洞房。

——《全史宫词》卷八

## 方濬颐

方濬颐（1815—1889），字子箴，号梦园，安徽定远（今属滁州市）人。清道光二十四年（1844）进士。官至四川按察使。著有《二知轩诗钞》。

### 舟次芜湖

塔影横江泛艇过，词人应唱定风波。
蟂矶穴闭千樯集，鸠港潮平匹练拕。
野草碧浮沙岸阔，夕阳红到赭山多。
明朝更拟支筇访，滴翠轩中景若何。

——《二知轩诗钞》卷五

## 周诒蘩

周诒蘩（1816—？），女，字茹馨，湘潭人。姊诒端，文襄左侯夫人。著有《静一斋诗草》《静一斋诗余》。蘩与姊并传诗学于母，左宗棠曾合刻其词为《慈云阁诗钞》。

### 凤凰台上忆吹箫·孙夫人

龙战天池，凤占皇族，豫州来卧东床。讶合欢帘内，剑影如霜。天下英雄入谷，丝幕下、仔细评量。花丛里，心倾季女，胆怯刘郎。　　相将。两心自得，鸳梦警干戈。巧促行装。翼此身终托，山海情长。不道阿兄谋拙，舟一叶、生断柔肠。蟂矶水、从教酿成，万古凄凉。

——《慈云阁诗钞》

芜湖蛟矶庙历代题咏 ▲▲▲

## 薛时雨

薛时雨（1818—1885），字慰农，晚号桑根老农，安徽全椒人。清咸丰三年（1853）进士。曾任杭州知府，代行布政使、按察使两司事。著有《藤香馆诗钞》《藤香馆词》。

### 满江红·蟂矶怀古

吴蜀山河，到今日、一般焦土。空赢得、危矶孤耸，浪淘千古。白帝几曾归御辇，赤乌枉自分疆宇。笑仲谋、那便是英雄，豚儿伍。　寒潮咽，愁如诉；灵旗飐，神如睹。想宝刀金玦，美人英武。玉貌不争甘后宠，贞魂只共湘妃语。痛千秋、江水各分流，刘郎浦。

——《藤香馆词》

## 沈祥龙

沈祥龙（1835—1905），字约斋，江苏娄县（今属上海松江）人。晚清诸生。著有《乐志簃集》《乐志簃笔记》《乐志簃诗录》等。

### 蟂矶灵泽夫人庙

回首孙刘霸业空，只余此庙傍江东。

长留儿女千秋气，合配夫君一世雄。

家国销亡含旧泪，弓刀想像护灵风。

寒涛终古通西蜀，疑送贞魂返故宫。

——《乐志簃诗录》卷五

### 芜湖咏古录一

蟂矶突兀枕寒流，风雨灵祠片石留。

长对大江西上水，杜鹃啼尽蜀宫愁。

——《乐志簃诗录》卷六

## 壶中天·蟂矶灵泽夫人庙

大江秋净，向矶边舟泊，濛濛烟雨。芦荻花藏琼佩冷，时有灵风来护。梦绕吴门，魂归蜀道，一段伤心处。英雄何在，水云终古如许。　遥望白帝城高，深情怅隔，日暮凌波去。家国消亡余旧泪，长与寒潮分注。侍婢弓刀，夫君旌旆，应共祠中住。层楼闲倚，画梁双燕空语。

——《乐志簃词录》卷一

## 周保璋

周保璋（1844—1897），嘉定（今属上海）人，清同治年间举人。

## 祝英台近·过蟂矶孙夫人庙

碧江空，荒岸冷，晨气带烟雾。凄紧灵风，吹起庙前树。分明万里归心，千秋遗恨，都付与、晓鸦声苦。　旧吴土，试问大帝英雄，今日在何许？片后贞魂，兰菊自终古。更怜六代繁华，一江流水，消灭了、红颜无数。

——《镜湄长短句》

## 叶大庄

叶大庄（1844—1898），字临恭，号损轩，侯官县（今福州市闽侯县）人。清同治十二年（1873）举人，曾官邳州知州。张之洞任两广总督，招之入幕。有《写经斋诗文稿》等。

### 蟂矶夫人祠

兵火归魂附所天，神风梦雨苦难全。
刘郎浦口秋潮满，目断江东下水船。

——《写经斋初汇》

## 袁 昶

袁昶（1846—1900），字爽秋，号沤簃，浙江桐庐人。清光绪进士。任徽宁池太广分巡道道员，驻芜湖。后任总理衙大臣、太常寺卿。八国联军进犯太沽，朝议和战，与徐用仪、许景澄等反对围攻使馆，因被杀。著有《于湖小集》等。

### 蟂 矶

麦碧花黄绕古祠，翠旓云气护金支。
春深斑竹疑潸泪，事去灵风尚满旗。
荒垒何方寻战鸟，洞冥至竟接然犀。
涛声似挟灵胥怒，一勺椒浆故国思。①

——《于湖小集》卷二

［注］①原注：黄左田尚书据《方舆纪胜》，以其地当桓温屯兵之战鸟山。赤乌以前，桐庐为富春县之桐溪乡地，后分立县治。孙吴先世宅墓，皆在桐庐境内。

### 王大令邀泛舟渡江谒灵泽夫人庙置酒舟中作

昔栖羽客丹邱观，今住缁流一把茆。①
清瑟传芭迎送曲，玉箫折柳去来潮。

英灵合荐琼苏酒，坛壁应涂苣若椒。

入座深杯同茂宰，隔江山色插云霄。

——《于湖小集》卷二

[注] ①原注：《入蜀记》："浇矶有道士结庐其上，政和中赐名宁渊观。"

## 放船自蟂矶回①

退之迓杜尹，舻烟辨江色。横江猎菰蒲，撇漩如隼翼。习流操八桨，奋与水争力。强掠戈船回，水伯鲛宫逼。涛撄万顷怒，塔与两尖直。少焉舣江阁，抌汗不能食。月出挂太空，圆成水晶域。金波吹海涛，天浸水一色。泻碧蜀云端，浮青楚望极。凭栏揽异景，夜明群籁息。唤取谪仙人，来供文字职。惟嫌扰扰虿，几嘈鹿筋国。不辞苛政除，扇以冰霜霰。且办一宿禅，物变良可测。

——《于湖小集》卷三

[注] ①题目系编者所改，原题：六月初九日，放船自蟂矶回，夜宿江上小阁。

## 九日蟂矶登高舟中宴集

人生何处非危机，月开笑口裁四五。漫郎何以酬佳节，快心造物戒多取。敕取族庖斫龙鲊，唤起篙工伐鲶鼓。南狐东马多豪隽，欣肯降临不吾拒①。杪秋寻山不辞远，良会真率无客主。涨江掀翻地轴回，劲笔刮演天根挂。古祠篁竹深茅中，金支翠旐闪宵雨，精忱何时开敌云。乡俗纷进从芭舞，座中各愿填苍海。酒半起酧把赤羽，从兹镂书斥冰脂。稍出丝发效苴补，冶剑趣令铸莫耶。箫材且罢采慈姥②，诸公岂惟作赋才。小子亦礼传衣祖。左江右湖共陶陶，今一日月何必古。试回东海注深卮，况有客饷罗浮乳。③

——《于湖小集》卷五

[注] 原注：①是日会者十三日印根石节吟钵皆在座。②此寓右永左文天下危北意将之谊。③伍太史使至饷以罗浮山佛迹漫下泉水一罂。

### 蟂矶竹岘①

冉冉缘崖竹，泂泂绝岸矶。

婵媛拥绛节，宵趁怒涛归。

——《于湖小集》卷六

[注] ①该诗系《戏广陶潭十二景》第九首。

## 沈曾植

沈曾植（1850—1922），字子培，号乙庵，晚号寐叟。浙江嘉兴人。光绪六年（1880）进士。历官刑部主事、江西按察使、安徽提学使、安徽布政使、护理安徽巡抚。著有《海日楼诗》《元秘史笺证》等。

### 蟂 矶

落帆昔人刘郎浦，驭风今过灵泽矶。坛垣荒荒石数级，萑苇骚骚江四周。神鸦敛翅危突烟，潜虬戢浪轮人机。吴侯少年不了事，草草兵谋输女弟。帐前侍婢浪狰狞，世上英雄能决弃。蜀道吴江望渺然，月下玉人方宠贵。至今激浪拥回潮，中有吴娥滴酸泪。兵车会绌纵横施，甥舅恩深婚媾尊。周郎计失未须笑，还有西欧拿破仑。

——《近代诗钞》卷二

## 王以敏

王以敏（1855—1921），字子捷，一字梦湘，号古伤，湖南武陵人。清光绪十六年（1890）进士，改庶吉士，授翰林编修。官江西瑞州府知府。著有《檗坞词存》等。

### 淡黄柳·蟂矶孙夫人祠

苔痕枕岸，风外灵旗掣。蜀道青天鹃语切。万古江涛不尽，家国伤心共鸣咽。　霸图歇，荆州几灰劫。问恩怨，为谁结。明珠步障咸虚设。月夜魂归，佩环何处，千点枫林绛雪。

——《全清词抄》卷三十六

## 陈祖绶

陈祖绶（1857—1917），字伯印，号墨农，永嘉人。清光绪十八年（1892）进士，曾任山西知县，温州府中学堂监学。著有《啸楼诗笔》《东瓯选胜赋》《墨宦文抄》等。

### 菩萨蛮·蟂矶孙夫人庙

官蛾貌出军中服，魂归望帝红鹃哭。归梦托江流，巫山神女羞。　二乔夫婿在，精卫难填海。铜雀草荒凉，吴枫赤染霜。

——《啸楼诗笔》

## 易顺鼎

易顺鼎（1858—1920），字实甫，号哭庵，湖南龙阳人。曾入张之洞幕，主两湖书院经史讲席。著有《琴志楼诗集》。

### 回荆州①

蟂矶他日感啼鹃，英气千秋尚懔然。

强敌正争三足鼎，仇人先作并头莲②。

君臣似虎离山日，夫妇如鱼得水年。

大耳也同重耳样，齐姜遗恨古今怜。

—— 《琴志楼诗集》卷十七

[注] ①该诗系《偕樊山观小达子、小金娃演〈回荆州〉，小如意演〈锁云囊〉，因分咏二首（壬子）》第一首。②原注：即用剧文原句。

### 七月十九日纪事 癸丑

秋波占断人间秋，流云遏回天上流。癸丑七月十九日，请歌一曲《回荆州》。义州女郎小香水，能作秦声妙无比。一歌子野唤奈何，再歌琅邪愿为死。向来惯演孙夫人，今日还呈绝代身。演赵云者小菊芬，演刘备者明月珍。子龙身手原无敌，先主须眉亦罕伦。玉帐刀光惊雪亮，戎装侍女环相向。刚猛生成大帝风，庄严显出天人样。华鬘璎珞涌诸天，翠羽明珰望俨然。强敌欲争三足鼎，仇人翻做并头莲。宁知大耳同重耳，季隗齐姜总弃捐。夫妇方如鱼得水，君臣已似虎离山。思亲泪落吴江冷，望帝魂归蜀道难。郎似蜀君啼杜宇，姜如齐女化哀蝉。吞吴相枉留遗恨，思蜀儿偏乐此间。珠喉字字听吞吐，车子秦青谁比数。凄凉远胜琵琶行，浏亮真同剑器舞。一曲清歌泪万行，谁知别有伤心处。唐殿歌残是尾声，伊州舞错因眉语。怜卿怜我共无憀，家国平生恨未消。灵泽祠前曾酹酒，公安浦口屡停桡。生憎燕国丁沽水，即是蟂矶子午潮。萧郎看剧潜收涕，本异刘郎是夫婿。刘郎不看看萧郎，侧面回身暗相对。四目相看阅片时，两心互照盟千□。心死庄周亦可哀，目成正则难为继。但听珠为一一声，宁知珠是双双泪。珠泪莹然眦上光，玉颜怆绝心中事。眼前别鹄对离鸾，此剧何名龙凤配。万种生离死别悲，一般儿女英雄意。拭尽鲛绡鲛泪多，收来鸾影鸾肠费。骚客情能感美人，书生福已逾先帝。漫道萧郎是路人，萧郎今是受恩身。灵旗此日怀灵泽，析木明朝指析津。绿华无定行踪幻，红豆相思入骨真。本自无心在人世，不辞将骨化灰尘。

——《琴志楼诗集》卷十七

### 八归·雪中登鹊矶寺

苔藏绿篆，枫堆红锦，僧影冷坐瘦石。暮寒似恋无人处，更把几层砖塔，舍为鸦宅。竹里穿来惊路断，早四面都围青雪。最爱听、脆响敲时，误道玉钗折。　幽绝还堪眺远，蜣矶荻港，指点风帆如叶。一鸥飞处，一豚吹处，浪与芦花争白。叹浮生似梦，且办孤琴两吟屐。愁来否、试凭高看，六代青山，如今华了发。

——《琴志楼丛书·楚颂亭词》卷一

### 庆春宫·桃花夫人庙

帝子湘花，女郎山木，倩魂休叹无归。润脸烘霞，酥胸映雪，空留玉座苔衣。搓红汉水，尚染出年年夕晖。一般流恨，分付春潮，莫到蜣矶。　楚宫泯灭全非。剩命比西施，名过南威。旧国鹃啼，新人燕笑，东风搁泪慵飞。沉香妖艳，问何似伤心马嵬。弄珠月侣，荐枕云神，小队依稀。

——《琴志楼丛书·楚颂亭词》卷一

## 姚倚云

姚倚云（1864—1938），女，名蕴素，字倚云，安徽桐城县人。

清光绪十三年（1887）随父寓居江西安福官舍，嫁南通范肯堂为妻。光绪三十年（1904），就教于南通女师，后任校长。著有《蕴素轩诗稿》。

### 舟过芜湖与皖省一女师毕业生相遇赋赠[①]

赭山塔下共经过，浩浩长江感慨多。
乔木参天云缥缈，楼台映水影嵯峨。
无穷学业希君辈，已往凄凉逐逝波。
倚栏不禁清泪落，中原民气竟如何。

——《蕴素轩诗稿》卷五

[注] ①题目系编者所改，原题：己未，三次至皖办女子职业学校，舟过芜湖，与皖省第一女师范毕业生相遇赋赠。

### 过灵泽夫人庙

古庙秋风起，舟行乱水凫。
江声千古慨，寒日一帆孤。
忆帝常怀蜀，依兄恨在吴。
经过空怅望，暮霭落芜湖。

——《沧海归来集·选余》卷上

## 陈　诗

陈诗（1864—1943），字子言，号鹤柴，安徽庐江人。诸生，光绪中师事同邑诗人吴保初。著有诗集多种，后人辑为《陈诗诗集》，另有《尊瓠室诗话》，编有《皖雅》等。

### 蟂矶灵泽夫人庙

斗草人归长绿荄，千盘云栈隔巴西。

灵祠日暮寒潮泣，依旧春风馥麝脐。

——《陈诗诗集·蓍隐诗草》卷一

## 洪 繻

洪繻（1866—1928），本名攀桂，后改名繻，字棄生。彰化（台湾省属县）人，原籍南安（今属福建省泉州市）。乙未（1895）割台之役，与丘逢甲、许肇清等同倡抗战，任中路筹饷局委员。后绝意仕进，著有《洪棄生先生全集》等。

### 过芜湖①（三首录一）

隐隐蟂矶庙，迢迢谢尚城。

一江灯火浸，两岸夜潮生。

——《洪棄生先生全集》

[注] ①原注：三月十夕。

### 眺采石矶①

赤城云霞起层峤，采石青山最佳峭。中有锦袍谪仙居，外有靺鞈将军庙②。临江作步③如虹悬，长江渺渺波浸天。群峰插岸相后先，艨艟衔尾舳舻旋。青绿云山挂眼前，此时此景谁能迁。所恨兵来多渡此，战争间续三千年。东吴南朝迄南宋，常开平又奋戈船。毓麟堂下馀废垒，然犀渚上生寒烟。此时采石黯无色，迄今何幸留清妍。彭杨水师靖湖海，采石江边祠堂在。何如长庚捉月亭，魂魄山川长不改。尝闻萧尺木，曾画李白楼。匡庐衡岳落素壁，东岱西蜀连云浮。④此景足助青山色，此画青山留不得。惟余赭岸蘸横江，永与青山障采石。我来无事溯水行，一棹长风万里轻。船头已向螃矶去，船后才从牛渚经。何当待月清秋夜，

——《洪棄生先生全集》

[注] 原注①十一夜。②彭、杨、李诸祠。③码头也。④二句并画中景。

## 任之琦

任之琦，清人，安徽阜阳人，生平不详。

### 临湖怀古

濡须偃月至今存，当日徒然志外吞。①

魏将灭吴先灭魏，孙家生子不生孙。

东西关迥云犹阵，黄白湖寒水自昏。

独慨夫人归蜀后，江东结好事难论。

——嘉庆《无为州志》卷三十三

[注] ①原注：诸葛武侯表：操外吞天下，内残群僚。

## 周岸登

周岸登（1872—1942），字道援，号癸叔，威远（今属四川省内江市）人。清光绪十八年（1892）经乡试中举，历任阳朔、苍梧知县，全州知州。辛亥后历任会理、清江、吉安等县知事，庐陵道尹。1931年秋，任安徽大学文学院院长。著有《曲学讲稿》《蜀雅》等。

## 兰陵王·娄妃墓

赣江侧。谁鼓皇娥怨瑟。凭华表、追赋楚招，血染桲花化愁碧。生金剩片石。香骨千年未蚀。依稀见、环佩夜归，寒月流哀叫鹃魄。　精魂恋幽穸。叹础绣辇苔，镫暗余漆。摩笄山影无惭色。寻墨妙屏翰，谏书焚草，骄王心荡痛逊国。殉君矢天日。　千尺。镜波汩。便烈掩螺矶，歌断松柏，芜城远浦悲何极。怕鹤露宵警，泪倾铜狄。铅山曾此，吊逝水，纵健笔。

——《蜀雅》卷七

## 林　旭

林旭（1875—1898年），字暾谷，号晚翠，侯官（今属福建省福州市）人。清末"戊戌六君子"之一，"百日维新"失败被捕，9月28日，与谭嗣同、杨锐等6人，同被杀害于北京菜市口。遗著有《晚翠轩集》。

### 灵泽夫人庙

故国何人举奉匜，竹竿从此钓于淇。
韦昭吴史应书卒，不见春秋宋伯姬。

——《晚翠轩集》

## 杨　圻

杨圻（1875—1941），初名朝庆，更名鉴莹，字云史，江苏常熟人。清光绪二十八年（1902）举人。官邮传部郎中，驻新加坡总领事。入民国，任吴佩孚秘书长，后居香港。著有《江山万里楼诗抄》《楼下词》。

### 沁园春·蟂矶灵泽夫人庙题壁

一片江山，斜阳万里，眼底都收。看沙上潮平，扁舟来去，洲边树冷，庙貌常留。处处峰青，惊魂零乱，道是荆州是益州。珠帘外，恨长江终古、不肯西流。　花冠玉佩悠悠，是望帝春心杜宇愁。叹思蜀衔悲，吞吴遗恨，英雄何在，战伐都休。峡里帆来，刘郎消息，白帝城边古木秋。谁凭吊，剩渔翁一个，坐钓矶头。

——《楼下词》卷二

### 顾燮光

顾燮光（1875—1949），字鼎梅，号瘖，别署非儒非侠斋，会稽（今浙江绍兴）人。清末民初藏书家、目录学家、金石学家。著有《梦碧簃石言》《古志汇目》《非儒非侠斋诗文集》等。

### 孙夫人·磬

灵泽涛声淘旧恨；
禹门山色度清音。

——《非儒非侠斋联语初集》

### 李宣龚

李宣龚（1876—1952），字拔可，号观槿，闽县（今属福建省福州市）人。清光绪二十年（1894）举人，官至江苏候补知府。民国后供职上海商务印书馆，任经理兼发行所所长。其著述生前有过几次刊刻，2009年10月，经汇集校点刊为《李宣龚诗文集》。

## 雪后于湖舟望

风留半日晴，雪作千里积。连峰虽相蒙，断嶂剧有力。蠛矶树如缟，匹练成采石。船烟寒不骄，岸舍皓欲涤。饷兹一炊黍，取慰劳行役。何物意难消，白鸥于我白。

——《李宣龚诗文集》

## 姚梅槃

姚梅槃（1877—1911），谱名名熙，学名世珍，字纯璧，号美燔，别号梅槃，安徽繁昌人，邑禀生。三山公学创始人之一。

### 灵泽夫人祠

年年箫鼓赛迎神，江水无情草自春。
环佩俨然吴地主，画图犹是汉宫人。
鹃魂啼月悲鹑火，鱼腹流馨荐藻萍。
千古贞筠同不死，云车风马九疑嫔。

——民国大德堂《三山姚氏宗谱》

## 王晴暹

王晴暹，无为人，1951 年为安徽文史馆员。

### 题灵泽夫人祠

英雄儿女空今古；
负版功名耻后先。

——《无为市古今楹联大全》

## 曹　平

曹平，生平不详。

### 题灵泽夫人祠

梦阻夔门，薄幸蜀皇沉故剑；
神迎鸠水，凄凉楚雨洒灵旗。

——《无为市古今楹联大全》

## 佚　名

### 题灵泽夫人祠

一

不惜九原难见帝；
但须两国重和亲。

——《无为市古今楹联大全》

二

蜀山西望心思汉；
濡水东流悔入吴。

——《无为市古今楹联大全》

三

蜀地枕添思母泪；
吴天心系望夫云。

——《无为市古今楹联大全》

## 四

江水滔滔，望帝归心热；

乡愁滚滚，思亲别梦寒。

——《无为市古今楹联大全》

## 五

思帝思亲，浪涌千年血泪；

完贞完孝，矶留万古丹心。

——《无为市古今楹联大全》

## 六

国史何为？不与夫人立传；

汉宫安在！岿然姬庙临江。

——《无为市古今楹联大全》

## 七

忘岁以婚，志合蜀吴留玄德；

审时而逝，节殉秦晋身尚香。

——《无为市古今楹联大全》

## 八

叹冷落吴江，庙貌空留灵泽在；

问崎岖蜀道，神魂曾返惠陵无。

——《无为市古今楹联大全》

## 九

巨石咽江声，千秋遗恨分吴蜀；

环峰撑水面，万顷安澜仰惠灵。

——《无为市古今楹联大全》

## 十

呜咽江声，流不尽西蜀东吴两家冤泪；

崎岖世道，问几个皇妃帝妹万古馨香。

——《无为市古今楹联大全》

## 十一

义烈振纲常，望剑阁云沉，西蜀尤瞻内主；

精灵留江汉，看蟂矶烟锁，东吴永奉明烟。

——《无为市古今楹联大全》

## 十二

江山祠宇尚依然，千古凭临，魂魄有知成望帝；

儿女英雄今已矣，一矶长峙，风涛遗恨失归吴。

——《无为市古今楹联大全》

## 十三

是真儿女英雄，想当年闺阁军容，颜色二乔羞暗锁；

何异圣神仙佛，看此地堂皇庙貌，馨香万古肃明烟。

——《无为市古今楹联大全》

## 十四

天心西顾，江水东流，可怜金粉飘零，艳骨竟随流水去；

吴苑秋残，汉宫春晓，只为河山锦绣，芳魂应逐故宫来。

——《无为市古今楹联大全》

## 十五

青天碧海太荒唐，数百里、侠骨逆流，憾不到白帝宫阙；

吴宫郏苑成灰烬，一片土、精灵长在，幸占得炎祚江山。

——《无为市古今楹联大全》

## 十六

君臣计定，欲将帝妹联姻；闺阁寄温柔，巧借樊笼縻彩凤；

母女情深，恐误刘郎大业；江山须管领，敢从沼泽放潜龙。

——《无为市古今楹联大全》

## 十七

荆州原祸本，休再道吞吴遗恨，望蜀离愁；英气郁空江，频驱似雪银涛，隐有车旌迎婿至；

矶石诉沉冤，复何堪露冷鹃啼，霜高猿啸；崇祠仰灵泽，为拜如生玉貌，谨将蘋藻祝神歆。

——《无为市古今楹联大全》

## 十八

论貌如甄后，论节如徐母，论才如蔡姬，兼之勇练过人；忆当年珠玉沉销，夫婿不重逢！白帝城高，黄天荡远；

一误于周郎，再误于乔老，终误于吴主，从此冤埋沧海，看是际馨香祷祝，神灵何处吊？蟂矶日落，牛渚潮来。

——《无为市古今楹联大全》

# 佚 名

## 题蟂矶关帝庙①

江水悠悠，看潮退潮生，流不尽英雄血泪；西望峨嵋，那里是、汉家旧阙；

蟂矶岳岳，睹帆来帆去，居然著剑戟威风；北临洲渚，犹得觇、主母行宫。

——《无为市古今楹联大全》

[注] ①蛟矶关帝庙位于蟏矶孙夫人祠侧，庙祀关羽，今无存。主母行宫，指蟏矶孙夫人祠。

## 佚 名

### 题蟏矶李公祠①

一

三年泽国救灾记；

万古江亭堕泪碑。

二

泛太湖临泉怀远；

登潜山望江东流。

三

居里与包孝肃为邻，一宋一清，易代皆然；劫运挽中原，蛮貊纷争柔玉帛；

祠宇傍孙夫人故址，惟忠惟烈，各行其是，江天同下拜，蛟龙匍匐靖波涛。

——《无为市古今楹联大全》

[注] ①李公祠，全名李文忠公祠，祀晚清重臣李鸿章。系清末李家芜湖陈、张二亲戚所建，位于蟏矶孙夫人祠北，当时屋宇与祠连成一片，有房屋四十余间，号称九十九间半。今无存。

## 佚　名

### 题灵泽夫人祠

一

永置蛟矶娘娘圣殿；

久呈阶下冉冉平安。

二

或为君子小人，或为才子佳人，出入便是；

忽而惊天动地，忽而欢天喜地，转眼皆空。

——失考

## 胡雪抱

胡雪抱（1881—1927），字元轸，号穆庐。九江都昌人。宣统元年优贡，往京师考进士未中，授广东盐经历不就，民国初年寓居南昌。有《昭琴馆诗存》。

### 录诸作竟四叠

高僧往矣道其微，微此良俦谁与归？

尘梦秋惺思翠岫，客程春暖忆蟂矶。

斑斑石竹低迎帽，历历藤花软拂衣。

旧有雄文泣山鬼，林泉成癖命相依。

——《昭琴馆诗存》

## 刘善泽

刘善泽（1885—1949），字腴深，晚号天隐。湖南浏阳人。曾主编《湖南公报》，创立湖南佛教居士林。任职湖南大学教授。著有《天隐楼诗集》。

### 芜湖晓发

一片鸠兹月，娟娟向晓明。

蠔矶逢潦退，蟹舍待潮生。

衣袖江云湿，襟怀皖水清。

鹤儿山在望，挥手不胜情。

——《天隐楼诗集》

## 林散之

林散之（1898—1989），名霖，又名以霖，字散之，号三痴、江上老人等。安徽和县人。当代书法家、诗人。著有《江上诗存》。

### 枭矶孙夫人庙①二首

一

风神遗洛浦，江表一孤岑。

已尽思吴泪，犹存望蜀心。

芙蓉秋梦远，芦荻夜潮深。

幽恨成终古，空传青鸟音。

二

伤离私祭日，千载感枭矶。

斗帐平生剑，云罗故国衣。

芳情归帝女，遥怨永江妃。

唯有鸾旗在，朝朝展翠微。

——《江上诗存》卷十四

[注] ①原注：庙在芜湖对岸。

## 汪石青

汪石青（1900—1927），名炳麟，字矞雯，又字石青，别署玲山怪石，以字行。安徽黟县玲山人。幼年随父寓居芜湖，就读于芜湖圣雅各学校，师从鸠江名孝廉江荔裳习诗古文辞。著有《汪石青集》。

### 谒灵泽夫人庙

#### 一

一叶轻舟趁晚凉，吴江枫落点秋光。

山川几度烽烟劫，禋祀千年姓字香。

地接新关临钜市，人来旧庙荐清觞。

芦花两岸风萧瑟，寂寞寒林映夕阳。

#### 二

一锁深宫望翠华，巫云梦断哭天涯。

徒劳上将安刘室，终见阿兄负汉家。

此事已成千古恨，长江犹抱数峰斜。

水天岑寂松楸冷，惆怅垂杨宿暮鸦。

——《汪石青集》卷十一

## 吕惠生

吕惠生（1901—1945），安徽无为人。曾任苏皖边区各县联防办事处科长、仪征县县长、津浦路联合中学校长、无为县县长、皖中行署主任等。1945年9月新四军北撤时被捕，同年11月在南京江宁镇被杀害。

### 过蛟矶

拂晓蛟矶过，扁舟鼓棹行。
波涛涌日出，云雾旁湖生。

——《无为文化遗产图文集》

## 王鼎彝

王鼎彝（1905—1996），名铭，字以行，安徽安庆人。历任安徽省第六区行政督察专员、公署署员，代理定远县县长等职，1949年后务农。

### 题灵泽夫人祠

兄为争霸，母也误儿；蜀道叹艰难，白帝城边，惊闻杜宇；
夫志图曹，妾身属汉；猇亭传败绩，吴江泪冷，凄绝湘灵。

——《无为市古今楹联大全》

## 张恺帆

张恺帆（1908—1991），安徽无为人，曾任中共安徽省委书记处书记、副省长，安徽省政协主席及中华诗词学会副会长，安徽省诗词学会名誉会长。著有《张恺帆诗选》。

## 归舟泊蛟矶

浪迹江南感岁迟，归舟一叶系蛟矶。

香魂缥缈无寻处，江水呜咽似有知。

——《张恺帆诗选》

## 李应凡

李应凡（1911—2000），繁昌人。

### 题灵泽夫人祠

弄假成真，帝子姻缘成第一；

讹闻遽死，夫人名节自无双。

——《无为市古今楹联大全》

## 周葆中

周葆中（1913—1995），安徽枞阳人，塾师，中学教师。

### 无为蟂矶孙夫人祠联

鸟道难行，梦绕巫山犹恋蜀；

蟂矶痛哭，泪随皖水直通吴。

——《中国名胜古迹新楹联选萃》

# 后　记

　　带着那份独有的文化底蕴和传奇色彩，蛟矶庙从历史的尘埃中向我们缓缓走来，这里承载着丰富的故事传说，激发了无数文人墨客的创作灵感，留下了许多脍炙人口的经典诗篇，将蛟矶庙的壮丽景色与三国孙夫人的忠烈精神永恒地镌刻在了历史的长河中。《芜湖蛟矶庙历代题咏》是一部搜集和整理蛟矶庙相关诗文的著作，更是一段跨越千年的文化探索与传承之旅。

　　根据市委、市政府关于惠生联圩生态建设项目的总体部署，市文旅局组织力量进行蛟矶历史文化的挖掘、整理、研究，历时两年多，完成了《芜湖蛟矶庙历代题咏》的编纂。据统计，成书选录作者计420余人，作品670多首，上起中晚唐时期，下至1949年9月中华人民共和国成立前夕，时间跨度约1200年。

　　一部《芜湖蛟矶庙历代题咏》，凝聚了众多参与者的心血与智慧。本书编纂过程中，得到了市直各有关单位，以及芜湖诗词学会、芜湖市楹联学会、芜湖市萧云从画学研究会的大力支持，芜湖本土文史专家以及蛟矶庙原本法师都给编委会提供了一些很有价值的资料，参与有关问题的考证、纠错，谨此深表谢意！

　　在编辑本书的过程中，我们深深感受到了诗词的魅力、蛟矶文化的魅力，但囿于水平，错漏难免。恳请各位读者阅后向我们提出宝贵意见，以便再版时补充修订。

《芜湖蛟矶庙历代题咏》编委会